悬 疑 小 说 系 列

THE TENTH WARD

十号病房

THE TENTH WARD

◎主编 秦森

新世界出版社
NEW WORLD PRESS

ou have had any TRAINING or EXPERIENCE in the writing field including newspaper
ative writing of any kind, set forth as follows

刺耳的手机铃声响起，你下意识地接起电话。

“你今天出去跑外勤了？这周是你实习期的最后一周了，要是还没有创造业绩，我很遗憾地通知你，你可以收拾包袱滚蛋了。”

电话挂断，你终于回过神来，发现自己在 M 市郊外一片荒芜的园区。

园区中心是一座三层矮楼，生锈破旧的门牌上写着“心月整形医院”。

你低头打量着自己，胸前挂着一张被大面积污渍覆盖的工作证，只能看清“医药销售代表”这几个字。

雷声在头顶炸响，要下大雨了。

你走到医院大门处，推开医院斑驳的玻璃门。潮湿的霉味扑面而来，手电筒的光束照亮了满是灰尘的接待处。前台的登记簿还摊开着，仿佛昨天还有人在这里工作。

“有人吗？”你的声音在空旷的大厅里回荡。

你正犹豫是否要离开，突然，身后传来“咔嗒”一声。你猛地转身，发现大门不知何时已经锁上了。

你用力推了推，大门纹丝不动。手机没有信号，手电筒的光也开始变得微弱。

这座医院太奇怪了，你想赶紧离开这里。

你环顾四周，大厅十分空旷，除了正中心放置着“接待咨询处”的导台，四周全是环绕着大厅的房间，几乎全部房间门口都带着密码锁。

密码锁上，诡异的红点闪烁。你无法确定这些房间里是否有人。

右手边的墙壁上挂着一张巨大的医院平面图，怪异的通道示意和不规则的房间构图让你本能地感到害怕。

你小心翼翼地走进了进门左手边的第一个房间——药房，这也是唯一一间没有上锁的房间。

玻璃柜里摆满了药品，大部分已经过期。还有一个档案柜，你打开一看，里面散落着九张**【处方笺】**和九张**【病房规则】**。

病房规则上有些奇怪的标记符号，你突然想到那些带锁的房间，也许房间密码就藏在这些标记当中。

而且如果你没猜错的话，出口的信息也一定就在这些房间里！

就在此时，你的手机收到了一条短信——

检测到考生进入考场，考核规则如下：

1. 阅读所有病人故事，与**【病房规则】**一一对应。
2. 从**【病房规则】**上解开每间病房的“房间密码”，发送“房间密码”至微信公众号“404 乐园”，获得更多“出口信息”。
3. 找到真正的出口，汇总所有获得的“出口信息”，结合**【处方笺】**，逃离这座医院。

祝你好运！

十号病房

“404 乐园”微信公众号

十号病房

(D) TOP SECRET SPECIAL HANDLING

目录

(D) TOP SECRET SPECIAL HANDLING

1 号病房病人档案

姓名：[redacted]

性别：女

年龄：44 岁

病症名称：痴呆症

病症表现：

因重大打击导致的渐进性认知功能退化，且此退化的幅度远高于正常老化的进展。特别会影响到记忆、注意力、语言、解题能力，严重时会无法分辨事物。

[redacted]

(D) TOP SECRET SPECIAL HANDLING

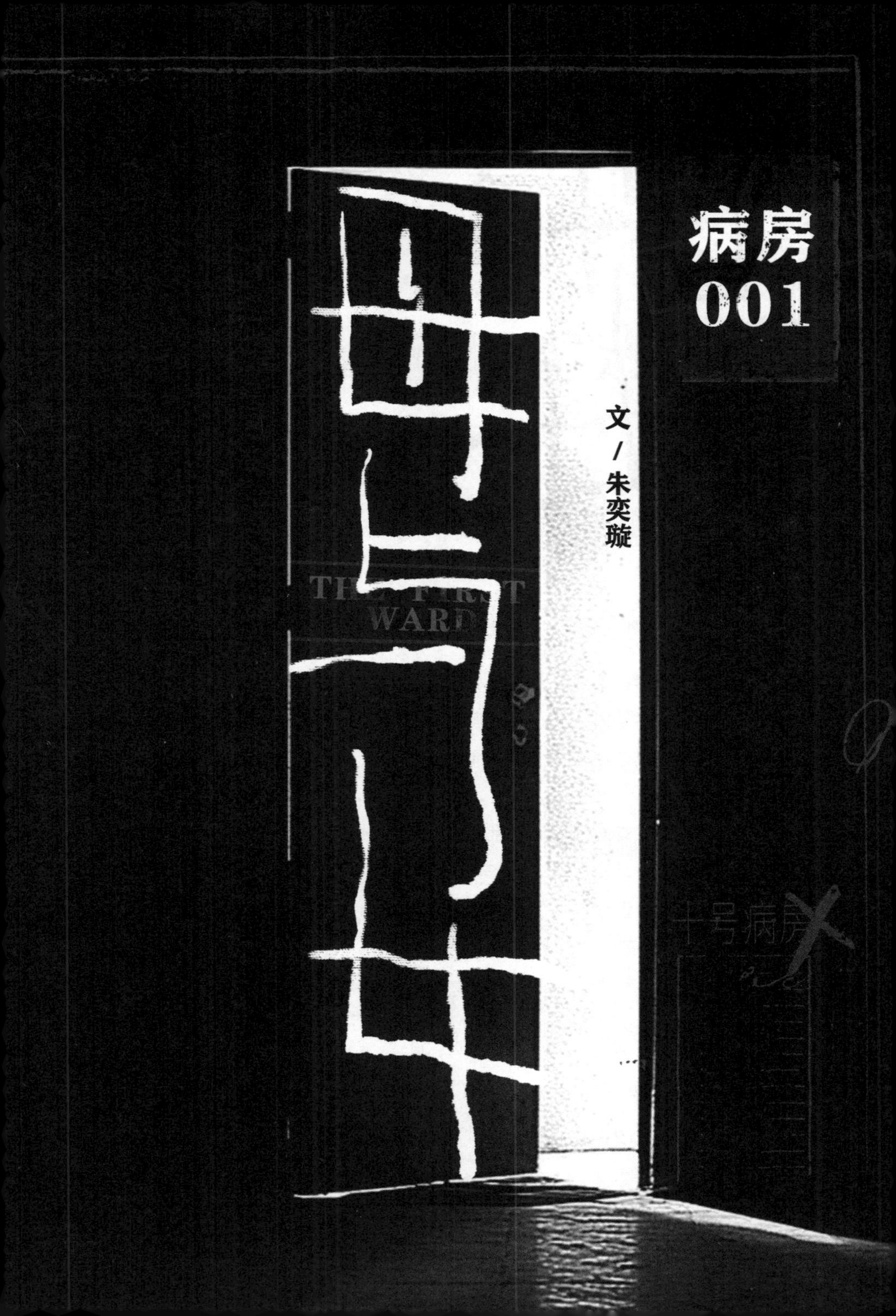

病房 001

THE FIRST WARD

文 / 朱奕璇

一号床

THE FIRST WARD

文 / 朱奕璇

1.

2024 年 12 月 1 日

我开始写日记了，这是向医生嘱咐我做的事。

她说只要我写满一周的时间，病就能治好，并且找到我真正的女儿。

向医生真爱开玩笑，我的女儿明明一直都在我的怀里。

只是女儿得了病，没法长大了。她会永远都是这么瘦弱、这么矮小、这么惹人怜爱，但是没关系，我是她的妈妈，我永远不会嫌弃她。

我永远爱她。我们会在一起，天长地久。

2.

2024 年 12 月 2 日

自从我咬伤了几个人后，没人再敢抢我的孩子了，她静静地躺在我的怀里，无论谁来叫她，她都不应，除了我。

天底下，只有我和我的女儿最亲昵。

只是她的右腿像面条似的软软垂着，晃荡不止。向医生说，她的右腿断了。因为我昨晚睡觉时不够小心，压住了她的腿，又用力搂她的身子，最终扯断了她的腿。

我哭得撕心裂肺，但女儿非常乖巧，她从不抱怨我，只是说：“妈妈，我爱你。”

她只会说这一句话。

只要按一按她的背，她就会说出这句话，同样的内容、同样的语调重复了几千次、几万次。

而我也会几千次、几万次地反复告诉她：“女儿，我爱你。”

下午，向医生带走了我的女儿，为她做手术治疗那条伤腿。

我不被允许进入手术室，但我还是闯了进去。

这个手术室非常简陋，和我所住的病房相差无几：被刷得惨白的四面墙壁，弥漫着消毒水味道的空气，正中摆着一张病床、一张手术台、一张办公桌和办公椅。

向医生将女儿摆在手术台上，用刀切开了她的伤腿。

我眼含热泪、瞪大眼睛看着，浑身哆嗦，我不敢想象我亲爱的女儿会有多痛，但她实在坚强，没有落泪，面容也没有扭曲，只是双眼无神。

她的腿被切开了，溢出的不是血，而是棉絮。

蓬松的、白花花的棉絮涌了出来，堆满了我的视线。

3.

2000 年 4 月 3 日

在柳絮纷飞的时节，我有了一个孩子。

她非常乖巧，十分安静，早睡晚起，从不折腾人。每天凌晨五点，我将熟睡中的她包进襁褓，用绳索将她系在我的胸前，带着她开始干活儿。

每天的活计从烧火开始。

我是柳家的媳妇，嫁一个人，就代表嫁给了他的一整个家族。我的丈夫叫柳三，家中排行第三，在他的上面有两个姐姐。大姐嫁到了外村，二姐年幼夭折，只他一个男丁，是全家的脸面。

全家只我一个儿媳妇，因此，我要伺候一整个柳家。

烧火、做饭、喂鸡、喂猪、洒扫、下田，以及照顾我的女儿。

为了干活儿，我每天都要早早起床。春夏还好；秋天农忙，每天都累得全身浮肿；冬天严寒，我没有厚棉衣，每天都冻得皮肤青白、身上生疮。

公婆和丈夫都对我十分严苛，一旦我显出几分懈怠，或某处做得不如他们的意，他们就会拿东西抽我。柳鞭、腰带、扁担，或者随手抓到的任何东西，都是他们的武器。

但我的境遇已经大大改善，最初来到这里时，他们在我的脚腕上扣了铁镣。只要我不顺他们的意，他们就将我锁进猪圈。

是女儿的诞生救了我，我怀孕后，他们对我的态度才开始好转。

女儿是我的小救星，我非常爱她。

她是坠落人间的小仙人，晶莹剔透的小脸，长长的睫毛，清澈透明的瞳孔。每天，我都仔仔细细地将她打理得干干净净。

她长得不像我的丈夫，而是像我，像极了小时候的我。我看着她，就像看到了自己。

但家里的其他人远没有我这么喜欢她。

我们没去医院生产，婆婆请了稳婆，在家里的床上铺了块褥子，就这么让我生下了她。当她随着一声啼哭降临世间时，丈夫看了一眼孩子，便冷笑着摇起了头："赔钱货。"

刚刚生产结束，我浑身剧痛，仿佛被利剑劈成两半，头发湿黏，眼泪和汗水横流，血和汗液干涸在我的身上。我躺在床上，仿佛一头待宰的牲畜，无能为力地看着他们面带冷笑地评价我的女儿。

他们远远地站着，挑剔地看着还在兀自大哭的婴儿，交头接耳着。

公公说："我就知道她不行，肚子不争气，读书再好又有什么用？"

婆婆说："再生一个吧，第一个就成的，本来就少。"

丈夫说："嗐，真晦气。"

他们继续聊着，三言两语间，就定好了我和女儿自身无法决定的命运。

公公越来越生气，最终冷着脸摔门走了。

眼泪从我的眼角汹涌地流出来，或许是委屈，或许是愤怒，或许只是产后的激素起了作用。

看到我这番样子，丈夫冷哼了一声，别过脸去，大为光火地嚷嚷起来："你还有脸哭？大赔钱货生了个小赔钱货，你是成心想让我柳家绝后吗？"

"至于这么大声吗？人家刚生完！"婆婆瞪了他一眼，他有些悻悻然地缩了缩头。

婆婆走到我的床前，擦去了我的眼泪，宽慰道："同为女人，我懂你。但你怨不了别人，谁让你第一胎生了个闺女，肚子不争气，再生个就好了。"

我无动于衷，不发一言，僵冷着脸，瞪着天花板。

"娘，这小孩儿叫什么名儿？"丈夫指着孩子问道。

婆婆随口道："只是个闺女，起什么名？就叫她小妮儿吧。"

4.

2024年12月4日

向医生治好了女儿的伤腿，她再次光亮如新。我抱着她，给她唱摇篮曲。

铃声响了，又到了吃药的时间，向医生推开了病房的门。

一个穿着灰色褂子的男人走了进来，他的腰间插着一根鞭子。

又一个穿着蓝衣服的男人走了进来，他轻蔑却又贪婪地看着我，手里拿着一把药片。

最后，一个穿着棕色衣服的女人走了进来，她端着一碗水，像是同情又像是嫌弃地看着我。

蓝衣男人将药片递给了棕衣女人，灰衣男人抽出了腰间插着的鞭子。

棕衣女人一手端着水，一手拿着药走了过来，而灰衣男人紧紧跟在她的身后。

我想逃，但手脚僵硬，只能呆愣愣地看着棕衣女人靠近我。

像是条件反射，我的眼泪流了出来。

棕衣女人将药塞进我的嘴里，将水倒入我的口中，我呛咳着吃下了药。

“这是为了你好。”棕衣女人说，“为了给你治病。”

可她的脸上却只有鄙夷，没有半分怜悯。

药片涌入了我的喉咙，在我的肠胃里翻搅，它们堆积如小山，撑开了我的肚腹。

我趴在床边干呕，想吐，但什么都没能吐出来。

5.

2001年4月3日

我的女儿被叫作柳小妮儿，但我私下里偷偷给她起了一个正式的名字，叫“柳佳”。我希望她事事顺心，事事俱佳。

没人喊她小佳，大家都叫她小妮儿，除了我。

这个名字是我们之间的秘密，是我对她的私密爱意。她尚不懂事，也不识字，但听到我喊她小佳时，她总会笑起来，两眼弯弯。

我抱着她，而她贴着我。

这是进入大山后，最好的日子。

我总以为这样的日子可以长久地继续下去，直到万物消逝的终点。

今年，小佳一岁了。

家里其他人不在乎，但我在乎，我给她缝了新衣服，煮了长寿面，办了庆生宴。

她太小了，牙齿也没有长全，我就用筷子将面条弄碎，又一口一口地喂给她吃。她安静地吃着，吃完就冲我笑。

我抱着她，像是抱着整个世界。

丈夫下地干活儿去了，公公去找邻居喝酒，家里只有我和婆婆两个人。

她冷眼瞧着我做这些事，嘴里突然冒出来一句：“你倒是不跑了。”

我怔了一怔，慢慢垂下了头。

6.

2000年10月1日

前年，我考上了大学；年末，我被人贩子拐走了。去年年初，我被卖进了深山。

这里太过荒僻遥远，与世隔绝。山里没有便利的交通，甚至没有成形的公路，只有下过雨后便泥泞成泥淖的土路，只有山里人才能辨别方向的山路。

山里的村子贫穷落后，家家户户都想生儿子，少有的几户人家生了女儿，但都为了彩礼将姑娘外嫁，一时间村子成了光棍村，传宗接代成了大问题。

而讽刺的是，人贩子成了他们的救星。

过半的村民都攒钱买来了媳妇儿，他们将媳妇儿锁起来，达成了一种无言的默契，彼此帮忙看守，一旦看到有人逃跑，便会通知媳妇儿的“主人”。

我被卖到了柳家，我激烈地反抗挣扎，甚至咬伤了“丈夫”的耳朵，他们一家人大怒，给我戴上了铁镣铐，将我关在猪圈里，说要磨一磨我的脾气。

镣铐又冷又重，边缘粗糙，戴得久了，我的两只脚踝都被磨出了血，疼痛直往骨头里渗。

但我很冷静，找机会偷偷藏了一根针，忍着痛将铁镣的锁头撬开，连夜逃了出去。

山路又深又远，崎岖难行，我走到天明，仍然没能找到出路。当第一缕晨光照亮山村时，一位村民发现了我的踪迹。

随后，越来越多的村民将我包围，捉住我，带我回了柳家。

我挨了极为毒辣的一顿打，皮开肉绽，伤处几可见骨。之后我被关在没有灯也没有光的黑屋子里，门被紧紧锁着，一直锁到我怀了孕。

他们向隔壁邻里宣布怀孕喜讯的那天，我面如死灰，我试图打掉这个孩子，但他们藏起了一切能让我伤害胎儿的东西，又将我死死地锁在床上。

连生产时，他们都不敢带我去医院，我只能待在家中。

无辜的孩子降生在世间，干干净净，不染纤尘。看着她，我就哭了起来。

为什么我要受罪？为什么她要受罪？

生出孩子后，他们就放松了对我的看管。

那天，公公看了一眼婆婆，意味深长地说："有了孩子，就跑不掉了。"

我不愿承认他是对的，可他确实对了。

我舍不掉这个孩子，这个同我相貌肖似的女儿，这个无辜降世的生命。

我用一根脐带拴住了她的身体，将她拽到这个世界，而她也拴住了我，拴住了我的身心。

7.

2003年6月2日

今年，小佳三岁多了。

她学说话学得很快，人们夸她口齿伶俐、思维敏捷，说她一定是块读书的好料子，能考出大山，取得一番成就。

每当他们这么说时，我总会感到淡淡的骄傲。

我放任小佳在村里疯玩，她是个野丫头，村里四邻八舍都相熟，彼此维护，不会有孩子失踪，不会有人跑掉。

我嘱咐小佳："早上八点后才能出去玩，饭点前一定要回来，而且晚上六点后就不能出门了。"

她乖乖地点头，脑袋上的羊角辫一晃一晃。

小佳很乖，十分听话。

这天，我干完了农活儿，回家煮饭。正烧着火，便听到厨房门吱呀一声。我一边翻炒，一边在烟熏火燎中回头去看，是小信。

她瞧起来十分闷闷不乐，嫩白的小脸上多了一块擦伤，露在外面的右胳膊袖子撕烂了，皮肤通红，裤子破了，破损的膝盖从洞里露了出来，还带着丝丝血迹。

“怎么了？”我大惊失色地问。

“和人打架了。”她垂着小小的脑袋说，“他们骂我。”

我皱眉问：“他们骂你什么了？”

她说：“他们说我是女孩，是赔钱货。”

女儿仰着脸，看着我，问：“妈妈，为什么女孩儿是赔钱货？”

仿佛一根鱼骨横亘在我的喉咙，将我的血肉刺穿得鲜血淋漓，堵住了一切字句。

我愣愣地看着她，锅灶里的热气和油烟灼烧着我，烧得我两眼通红，烧得我脸颊发烫。

我看着女儿，回答不出这个问题。

是啊，为什么女孩儿是赔钱货呢？

8.

2024 年 12 月 5 日

药已吃完，该做手术了。

灰衣男人、蓝衣男人、棕衣女人再次走进了我的房间，蓝衣男人抢走了我的女儿，灰衣男人将我捆在床上，棕衣女人拿着手术刀，三人齐齐地看着我。

在蓝衣男人的怀中，女儿受伤似的垂着头，沉默不语着，一句话都说不出。

我发了疯似的在床上挣扎，但灰衣男人紧紧地掐住了我。

棕衣女人慢慢走近我，站在我的身前，脸上的怜悯之色满溢出来，浓得仿佛水滴，即将落在我的身上。

“这就是我们女人的命，这就是我的命。”她的声音大得几乎有些刻意，“别怪我。”

她高高举起手术刀，轻轻地落在我的肚子上——

没有切开皮肤，没有血，只有一丝冰凉的轻微触感。

我这才发现，这是一把塑料刀，不是真的手术刀。

9.

2004 年 9 月 22 日

自从小佳出生后，柳家人就拼命想让我怀一个男胎。

但因为在家生产的缘故，我的子宫受了创伤，未能完全愈合，以至于后来频频流产。偶尔怀上，他们带我偷偷去医院做 B 超检查，结果也总是女胎。

我学历高，上学时学过孩子的性别是由男人的染色体决定的，同女人的肚子争不争气没有任何关系。

但柳家人显然不这么想，他们坚定地认为是我的身体有病。

而有病，就得治。

他们拿来了各式各样的“药”逼我吃下。

我不知道这些药的成分，也不敢询问。大多数情况下他们给我的是药粉，有些时候是药汤，还有些时候则是药片。

每种药都泛着腥气，每次吃完药后我都会大吐特吐，虽然我只是干呕，什么都吐不出来。

婆婆盯着我的肚子，生了一个孩子后，它早已不复当初的平坦，但还不够，他们都期待着它再次隆起，孵化抚育出另一个生命。

一个带把儿的生命。

可我空空的肚子始终一无所有。家里人看我的眼神越来越怪异，态度越来越冰冷刻薄。

他们在背后议论我，甚至当面指责我。

公公说：“为你花了这么多钱治病，为什么还没好？”

丈夫说：“白瞎我们花这么多钱买你，还是什么大学生，孩子都不会生，要你有什么用？”

婆婆说：“这就是女人的命，这就是女人的错，你为什么要犯错？”

他们说都是我的错，他们说这就是我的命，他们说我应该认错，他们说我应该认命。

于是我慢慢地弯下腰去，说：“对不起。”

女儿小佳躲在我的身后，用怯生生的眼神看着这一切，像用一双过去的眼睛看着未来的命运。

我紧紧地将她挡在身后，不让任何人看见她。

她是我的女儿，但她也是一名女性。

从她诞生在这个家里的那一刻起，她就成了所有人垂涎的肥肉和眼中钉。

10.

2006 年 2 月 14 日

丈夫的大姐回乡探亲了。

她只比我大几岁，看起来同我一样沧桑。她的脸颊瘦削，棱角分明，不苟言笑。但每当我同她讲话，她总会僵硬地扯起嘴角。

按理说，我应该喊她大姑子，但她让我唤她芬姐。

芬姐的原名是柳招娣，成年后，她自己去派出所改了名字，唤作柳芬。十九岁时，她就远嫁到了山外别的村子，为柳家换了一大笔彩礼。后来，她的父母用这笔彩礼买来了我，来当她弟弟的媳妇儿。

远嫁之后，芬姐便很少回娘家，这是我第一次见她。

丈夫有些怕她，芬姐一来，他就借口说地里忙，一天到晚都缩在田里干活儿。公公不怕她，但有些烦她，经常在家里同她吵嘴。

芬姐牙尖嘴利，公公说不过她，便只能愤愤地扔下一句："哪里像个姑娘样子！"说完这句，他还觉得不过瘾，又扭头看向婆婆，说，"看看你教出来个什么东西！"

婆婆默不作声地低着头装聋作哑，忙着缝衣服。

芬姐只冷笑一声："你们教我了吗？养我了吗？我的二妹怎么没的，你们还记得吗？"

公公和婆婆僵住了，似乎是没料到她会提起这个话题。

公公冷哼了一声，没再说话，摔门而去。

婆婆下意识地看了我一眼。

下一刻，我意识到，她看的不是我，而是站在我身旁、揪着我衣角的女儿。

芬姐读懂了婆婆的表情，惊讶地问："你们还没告诉她吗？"

丈夫曾经说过，他们柳家本有三个孩子，丈夫排在第三，于是叫柳三。在他的前面，有两个姐姐。大姐平安长大，远嫁他村。而二姐却没有这么幸运，早早就夭折了。

我皱眉问："她是怎么夭折的？"

"他们是这么跟你说的？"芬姐讽刺地冷笑起来，"她不是夭折了，我可怜的妹妹是被卖掉了！"

那是多年前的事，闭塞的山村诊所还没有 B 超这个技术，只有大城市才有，因此无法提前查验胎儿性别，要想知道，只能将孩子生下来。

一个覆满寒霜的夜晚，一个女婴从母体中诞出，面对这个残酷而冷漠的世界，发出了自己的第一声啼哭，她哭得撕心裂肺，而父亲只是愤愤地说：“怎么又是个女孩儿？”

他们将这个小女孩带回了家，家里穷得揭不开锅。面对这个赔钱货的到来，全家人都怨气冲天。

柳家人没有给她起名，平时只叫她小赔钱货，没人愿意好好待她，除了芬姐。

芬姐常常在忙碌的间歇也不忘看顾妹妹。

在她看来，妹妹是另一个小小的自己，小小的、无辜的、未经世事的自己。小小的胳膊，小小的手，眼睛尚未睁开，但总是笑。

只要看着芬姐，妹妹就会笑。芬姐在心里给妹妹起了个名字：笑妹。

一年后，一个人贩子来到了这个闭塞的山村，随后他带走了四个孩子——三个女孩，一个男孩，其中就有柳家的老二笑妹。

那时，笑妹还没到懂事的年纪，甚至还不会说话，更不知道发生了什么。

父母将她送到人贩子的车上，人贩子将一沓钱递到她父母的手里。

至此，钱货两讫。

但芬姐明白到底发生了什么。月光如寒霜，一如妹妹诞生那日般寒冷，笑妹不断地哭着，但无人理会她的悲喜。

在这场交易中，最不重要的就是商品本身。

芬姐目击了这一切，她试图将妹妹从人贩子的车上偷下来，被人发现后挨了狠狠一顿打。

芬姐的父母原本也试图将芬姐卖掉，但芬姐年纪大了，不好卖，被人贩子拒绝了。

于是她留在了家里，直至十九岁，经过媒人的介绍，父母将她嫁了出去。

极其相似的一幕重演，仿佛历史回播。芬姐被送上迎亲的车，而迎亲人将一沓钱送到了她父母的手里。

自此，钱货两讫。

芬姐离开了家，一如妹妹离开家的那天，月光像严霜，铺了满地。

但她没哭，她昂着头，面无表情地坐在车上，背对着柳家人，就此扬长而去。

11.

2024 年 12 月 6 日

我抱着女儿，给她轻柔地梳头发，唱歌谣。

但她似乎是被我弄痛了，总是不笑，只是垂着眼睛，没过多久她的眼睛居然掉了一只，落在我的手里变成了纽扣。

我又仔细地瞧着她，这不是我的女儿，这是一个洋娃娃！

我骇然，立刻撕心裂肺地大哭起来："我的孩子被人换了，有人拿走了我的孩子！"

我哭着冲出了病房，冲到了走廊上，人们来来往往，我不顾一切地往前狂奔。

我要快点，再快一点。

我脚下趔趄，差点跌倒在走廊上，但我不管不顾，继续往前奔去。

必须快点，如果慢了，孩子就没了，女儿就没了。

我冲出了病房，冲出了走廊，冲出了这栋楼。人们惊叫着躲开我，几个保安紧紧跟在我的身后锲而不舍地追逐着我。终于，我跑到了医院的铁门前。

门被紧紧锁着，高度不可逾越，我绝望地止住脚步，在门前徘徊。

几个保安终于追上了我，将我团团围住，向医生从人群里走了出来，但仔细一看，她却穿着病人的衣服。

看到向医生，我仿佛找到了依靠。我挨着铁门滑落在地，跪在地上大哭起来："向医生，我的女儿没了！"我歇斯底里地哭着，"我的女儿没了！"

似乎对这一幕感到熟悉，她的脸上浮现出片刻怔忪。

她慢慢地靠近了我，紧紧地抱住了我。

12.

2006 年 5 月 7 日

公公、婆婆和丈夫背着我联系了人贩子，商量好了价格，将小佳卖了。

就像芬姐说的笑妹的故事，在我女儿的身上重演了，滑稽得几近严酷，让人笑不出来。

我在家里歇斯底里地大闹了一通，将锅碗瓢盆等一切能砸的东西全都砸了。

家里到处都是碎片，丈夫大发雷霆，甩了我几个耳光，踹了我两脚，还不解气，又拿鞭子抽我。

"你杀了我也没关系，"我卑微地恳求他，"求求你，能不能放过我的女儿，能不能放过我们的女儿？"

"那是我的女儿，老子想怎么处理就怎么处理，"他的脸上浮现出一种凶蛮的残暴，"轮得到你这个娘们儿插话吗？"

我还想挣扎，但他一把将我捆了起来，丢进了屋子，锁上了门。

我疯狂地拍着门板，眼冒金星，耳边血流不止，手掌落在门上，刺痛而泛红。

外面有女孩的叫声，是小佳。

我更加用力地捶打木门，又踢又踹，甚至试图用牙去咬，终于，木门被我破开了一线缝隙容我窥看。

屋外公公穿着一身灰色褂子，怀里死死抱着小佳，试图往外面走去。

小佳拼命挣扎，撕打着公公的脸，踢踹着他的身体，指甲抓破了公公的脸。

院子里正停着人贩子的车，等待着将小佳带去一个未知的、任人贩卖的未来，就像曾经的我那样。

我越来越用力，身前的门板发出岌岌可危的响声，但小佳已经渐渐远去了。

婆婆走到了我的身前，隔着那一道透光的缝隙，她与置身于幽暗室内的我对视。

“这就是女人的命。”她说，“你为什么不认命呢？”虽然是个问句，但她的句子里却没有多少疑问，她在发抖。

“这不是女人的命！”我咬着牙，盯着她的眼睛一个字一个字地说，“你为什么要认命？”

“这不是吗？”婆婆自言自语着，仿佛在问我，又仿佛在问自己。

“你逃不出去的，你的女儿也逃不出去。”她说，“这里世世代代都没有女人能真正逃出去，这就是女人的命！”

“不试试看怎么知道呢？”我说。

婆婆看着我，突然她仿佛下定了什么决心似的大声说道：“啊！锁坏了！”

她打开了门上的锁，我立刻冲了出去。

婆婆像是被门板撞倒了，或者是她佯装被撞倒在地上。我后知后觉地注意到，以她的年纪却没有山里女人常见的小脚，只有一双不常见的大脚——她也是从山外来的女人。

她也是被拐卖来的牺牲品吗？

她是否曾经也挣扎过？

她真的认了她的命吗？

我不得而知。

一把锋利的水果刀从婆婆的怀里掉了出来，落在了地上。

我连忙将刀子拾起，刀尖朝前，对准了公公。

我大吼：“把小佳还给我！”

他大惊失色，连忙松开了手。

我紧紧抱着小佳，往门外冲去，身后我听见公公气急败坏地大喊：“儿！她跑了！快去追她！”

被拐进深山后，我曾经试图逃出这里，但因为小佳，我放弃了这个念头。如今，因为小佳，我再一次重拾了这个念头。

我听见丈夫无能的怒吼声在身后响起，但我只是飞快地向前奔跑，跑得比所有人都更快，比过去更快，比未来更快，比自己更快。

我抱着我的女儿，在一条不知去往何方的路上，不知疲倦地狂奔。

13.

2024 年 12 月 6 日

我跪在地上，向医生紧紧地抱着我。

她的胳膊环绕着我，手按在我的背上。她有一双温暖却苍老的大手，她坚定地、不容置疑地抱着我，那双手环在我的肩头和脖颈。

而我也紧紧地抱着她。

“啪”的一声，一把小刀从我的怀里滑落到地上。

向医生愣了一下，松开了手，从地上拾起了那把小刀。

她的神情突然变得迷蒙，仿佛一座被大雾笼罩的云山。

我看着她的眼睛，那一刻所有癫狂迷茫的神色从我的脸上尽皆褪去。

我清醒理智地看着她，捧着她的手，而她的手上则捧着那把小刀。

那是一把普普通通的水果刀，刀柄是黑色的，刀刃已经生锈了。

14.

2006 年 5 月 8 日

自从小佳出生后，柳家不再严密地看管着我，这让我有了机会能认识大山的路，这次出逃比我想象中顺利得多，我带着小佳小心地避开了村民。

第二天凌晨时，我们逃到了山脚，只差一步就能彻底逃离这个魔窟。

可惜我看到了村民，他们早早地赶到了山脚四处巡逻，等着我们自投罗网。

小佳缩在我的怀里，脸色发白，小声地说：“妈妈，我怕。”

“别怕，”我抱了抱她，“你要自由了，要勇敢，知道吗？”

我为她整理着头发，又拍干净她衣服上的尘土。

她今年才六岁，只是个孩子，纵使早早懂事，但看起来仍旧那么小，那么稚嫩。

我的眼眶和鼻尖一阵发酸，许久后我才压住了一阵泪意，嘱咐道：“接下来，一定要听妈妈的话。”

她乖巧地看着我，郑重地点了点头。

我说：“把你的外套给我。”

小佳乖乖地将衣服脱下，递到了我的怀里。我随手拔了些半人高的杂草，又捡了些石块，将外套填塞起来抱在怀里，不注意的话，仿佛抱着一个小孩儿。

“妈妈现在去吸引那些村民的注意力，你就趁机往相反的地方跑，明白吗？”

小佳看着我，眼含热泪问道：“妈妈，那你呢？”

“妈妈会平安的，”我说着谎话，宽慰着她，“不要担心，我们会在山下重逢的。”

小佳不放心地问：“那万一，妈妈你现在跑不掉呢？”

“就算妈妈现在跑不掉，妈妈将来也会跑掉的。”我看着她的脸，不舍地说，“早晚有一天，我们会在山下、会在一个自由自在的世界重逢，相信妈妈。”

小佳问：“如果很多年很多年后，我们才相见，而我们都变了样子，相互认不出来了，该怎么办呢？”

我想了想，从怀里取出那把水果刀：“那你留着它，平时可以用它防身，等我们见了面，你就拿这把刀来相认。”

水果刀静静地躺在小佳稚嫩的手掌心，黑色的刀柄衬得她双手雪白。

“再见了，”最后一次，我抱了抱她，郑重地喊了她的全名，“柳佳。”

“不是柳佳，是向佳。”小佳说，“妈妈，我是你的孩子，从今天起我就跟你姓了。”

“好。”我说，“再见了，向佳。”

我强忍住再次拥抱她的冲动，将那件被石头和野草撑满的外套抱在怀里，跑到了大路上。

小佳潜伏在路边的野草丛中，一动不动。

没多久，村民就被我吸引了注意力，他们互相招呼着，三三两两地追着我远去了。

等路上没了人，小佳才从野草丛里走了出来。

她跌跌撞撞，但步伐坚定。她手里紧紧攥着那把水果刀，往前跑去。

两行眼泪无声地从她的脸上流了下来，她擦干了眼泪，没有回头。

15.

2024 年 12 月 6 日

这是为你写的日记，妈，我知道你会看。

妈，病的不是我，而是你。

“妈。”我看着向医生，看着这个真正的病人，看着我的母亲，“我是向佳。”

她愣愣地看着我的脸，两行眼泪从她的眼窝里滚了出来。

16.

2006 年——2024 年

我叫向佳，我成功地逃出了深山。

趁着妈妈吸引了村民的注意力，我逃到了山脚，随后我爬进了一辆卡车的车厢，等司机将我叫醒时，我已经无知无觉地跨越了两座城市。

我真正远离了那个无间地狱、那个魔窟。

好心的司机给我买了一张大饼，等我吃饱后将我带去了派出所。

我不愿回家，便谎称我是孤儿，于是我被送到了孤儿院。

虽然孤儿院的待遇也一般，但无论在哪儿都比在深山老家中强得多。

时至今日，我仍旧常常做噩梦，梦到在深山中的夜晚，梦到步步紧逼的人贩子，梦到紧紧抱着我的妈妈。妈妈垂着眼睛，眼泪如同雨水般淅淅沥沥地落在我的身上。

我想要见到妈妈。

但一个孤儿院的小孩儿要怎么找到她远在深山里的妈妈呢？

一年又一年过去，我遗传了妈妈读书的天赋，成功考上了大学。

大学期间，我成了大人，靠做兼职攒了钱，我便开始搜寻妈妈的踪迹。最终，我联系上了芬姐——对我来说，应当是芬姑。

芬姑老了，因为多次遭到丈夫家暴，于是她离了婚，还抢到了孩子的抚养权。

她的孩子们也长大了，都考上了大学，她在县城里开了一家小卖部，自得其乐地活着。

而在芬姑的家里，我找到了妈妈。

“她没能逃出深山，”芬姑说，“她被人抓了回去。”

被抓回深山后，妈妈一直被关在柳家。

柳家想让她怀上男孩，但始终没能如愿，反而让她生了病，再也生不出小孩。

她仍旧没放弃逃跑的愿望，一再尝试外逃，但只是一次又一次地被抓回去。

她一次又一次地逃出，一次又一次地被抓回去，嘴里总是念叨着：“我要见我的女儿，我要见我的女儿啊。”

妈妈疯了。

她以为自己就是自己的女儿，以为自己终于找到了自己，整日在村子里疯疯癫癫。

柳家见人成了个疯子，没了生育价值还讨嫌，便放松了戒备，最终奶奶趁机将她放下了山。

一年后，妈妈遇到了回乡探亲的芬姑，被她捡走了。

“那时她虽然疯了，但身上却打理得干干净净，她说，小佳就是干净的。”芬姑说，“我将她带回了家，虽然治不好病，但总能给她一口饭吃。”

我问：“奶奶他们呢？”

“你现在还在读书吧？”芬姑岔开话题，说道，“好好读书，等你毕业工作了，再将妈妈领走吧。”

谢过芬姑后，我离开了这里，回到了学校。

我转了专业，读了精神科，几年后，我成为一名精神科医生，入职了一所精神病院。

我又去见了芬姑，将妈妈带走，为她办理了住院手续。

我开始治疗妈妈的疾病，她装作是我，自以为是我，我试图跟她相认，但始终收效甚微，反而激起了她更加激烈的认知障碍。

她以为自己是向佳，是这所医院的精神科医生，而她的母亲病了，需要她的医治。

跟同事商议过后，我索性将计就计，既然她自以为是女儿，那我就扮作母亲。

既然她以为是我病了，那我就假装被她医治，让她在医治我的过程中，慢慢回忆起过往的一切。

为了还原妈妈的过往，在同事的陪同下，我特意回了一趟山村。

记忆中的山村变化很大，柳家的院子里，我的爷爷，也就是妈妈的公公已经去世了。我的爸爸早年下山打工，据说已经多年未曾回家。

柳家只剩下奶奶，也就是妈妈的婆婆。

她活得十分自由而轻松，没人会责骂她的活儿做得不好，没人会拐卖她，没人会让她卖掉自己的女儿，她变成了一个自由的老人。

看到我时，她的眼泪滚了出来。

“真像。”她喃喃地说，“你长得可真像你妈妈刚来的时候，一个那么好看的大学生。”

奶奶看着我，问：“你和你的妈妈，逃离了女人的命了吗？都自由了吗？”

“我自由了，”我说，“而我会让我的妈妈也获得自由。”

奶奶长长地出了一口气，脸上泛起光彩，仿佛尘埃落定，仿佛巨石落地。等待了如此之久后，她终于得到了她想要的那个结果。

她轻声说：“原来真的没有命啊，原来真的不需要认命啊。”

在奶奶的帮助下，我还原了妈妈的过往经历，并将之写进了日记中，并据此扮演着“病人”。

曾经，我是她的女儿，她是我的妈妈，由她将我养大，最终放我自由。

如今，轮到我来做妈妈。我会将她好好地养一遍，养到伤痕痊愈，养到母女相认。

就像妈妈说的那样，总有一日，我们会在山下，在一个自由自在的世界里重逢。

17.

2024 年 12 月 6 日

“小佳。”她喊着我的名字，透过她眼中的泪水，我看到清澈的眼神。

我抱着她，就像多年前分别时那样，我说："妈妈，我回来啦。"

CHAPTER 002

2 号病房病人档案

姓名：[redacted]

性别：女

年龄：25 岁

病症名称：暴露癖

病症表现：

遗传性精神疾病导致的心理发育不健全及病态自卑，进一步导致病患渴望获得社交认同，从而引发了病症。

[redacted]

(D) TOP ~~SECRET~~ SPECIAL HANDLING

病房002

无人监视

THE SECOND WARD

文/贺兰邪

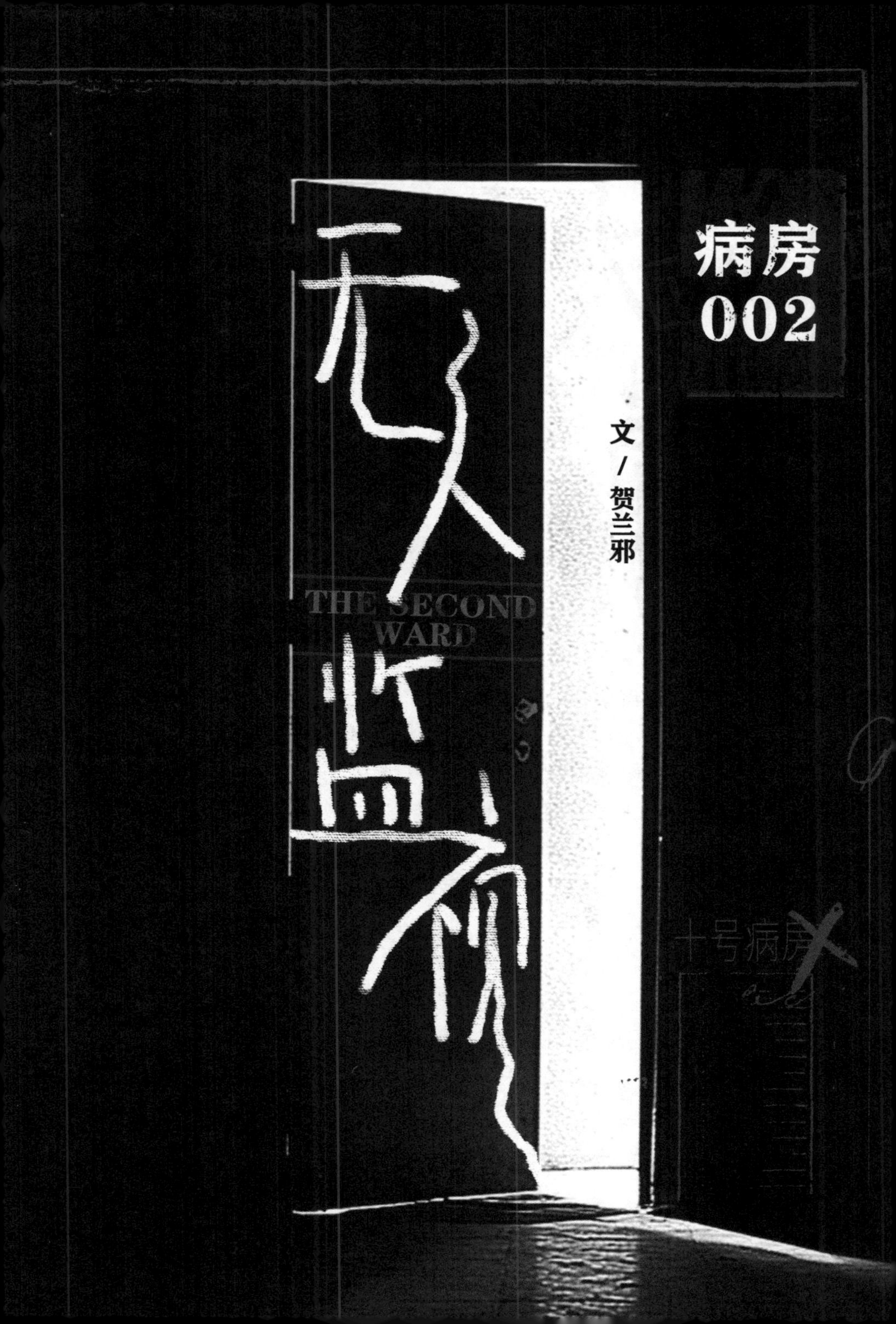

无人监护

THE SECOND WARD

文 / 贺兰邪

1.

2017 年的深秋，我搬家搬到“枣林里”，接连打扫了三天的卫生，终于收拾好了这套不足五十平方米的小居室。

第七天，我的损友沈彦安提着一大袋水果来我家做客。我在厨房里忙得不可开交，他在书架旁边转悠，问我最近有没有写新的稿子，他在等着我的稿子救命。

沈彦安是我的朋友，也是我的编辑。我这人没什么朋友，也不爱热闹，性格孤僻，再加上我因后天原因声带损伤，从十二岁起就再没说过一句话。他能成为我朋友，完全是老天爷可怜我，给我这黑暗的人生里强行照进一束光。

也许正是因为口不能言，我更加擅长写出细腻的文字。大学毕业后，沈彦安进入一家出版社实习，而我躲在家里当“坐家”。这一坐就是两年，还真让我“坐”出不少作品。

近来我忙着换房子的事情，无暇写作，我正想转身打手势告诉他。

沈彦安已在沙发上拍腿叫好：“魏木头，还是你会写啊！写了这么多，还偷摸藏着不给我看呢？”

我皱了皱眉转过身，看见沈彦安手上拿着一个牛皮纸封面的本子。

沈彦安面露喜色，拿着本子一目十行地观看：“这就是对话式小说吧？你别说，这样看起来别有一番韵味啊。”

我确实有手写稿子的习惯，但我不记得我有这个牛皮纸封面的本子。

我走过去看了看沈彦安手上的本子，那上面的字迹不是我的。

2.

2015 年 5 月 7 日，星期四，第一次谈话。

“楚静蓉女士，我实在是好奇，你说你被人偷窥监视，你不去报警，为什么要来找我？”

“巫先生，在找你之前，我已经报过警了，警方说根本没有人监视我，是我多想了，但是我敢肯定确实有人在监视我。那双眼睛一直就在我身后，如影随形。我知道你是个推理小说家，你们搞推理的人肯定会对这种诡异的事情感到好奇，对吗？”

“警方都找不出偷窥你的人，你为什么认为我能找到？”

“我……如果我说，偷窥我的根本就不是人呢？”

“不是人？这是什么意思？”

“字面的意思，这个人已经死了，他化成灰了，变成鬼了。”

“楚静蓉女士，虽然这么问很没有礼貌，但我还是想问，你确定你没有精神方面的疾病吗？”

“我没有！如果你不相信的话，我可以给你看证据。”

“什么证据？”

“你看，这个是偷窥狂寄给我的信件，这上面清楚地写着，我每天做了什么。我是兴趣班的美术老师，一般情况下我周一到周四都没有课，只有周五到周末的课程比较多。这个变态在信件里声称，他不仅知道我在家里的活动，还知道我在兴趣班的事情，他甚至连我在课堂上说的每句话都一清二楚。

“比如4月24日这一天，课堂上有学生问我喜欢什么花，他们原本是想画出来送给我，我便回答我喜欢铃兰花。那节课结束后，我收到了许多铃兰花的手绘。回家的路上，我正埋头欣赏手里的画作，忽然有一个人走过来问我：‘你是楚静蓉老师吧？’我以为他是我学生的家长，于是笑着对他点头示意。结果他忽然递给我一束铃兰花，并说‘送给你，愿你今日愉快’。我接过花没有多想，以为是学生家长感谢我的教学，便拿着回家了。回到家，我看见花束里掉出来一张卡片。那上面写着一句话：楚静蓉，你知道送花的是我对吧？

“我当时吓得手抖，花束和卡片都落在了地上。我知道就是那个偷窥我的鬼，他给我送来了一束花！我认得他的笔迹，这就是他！”

“这些证据你给警方看了吗？”

“没有……我不敢给他们看。在我们老家凌霄镇有个传闻，如果对很多人反复提起‘鬼’，他真的会复活的。那是我一生的噩梦，我不愿意看见他复活。”

“打扰一下，你口中一直在说的他，到底是谁啊？”

“他……他就是凌霄大学的老师肖君真，2007年他偷窥学校女生，后来因被发现起了争执，他失手杀害了那名可怜的女生。我亲眼看见了他的行凶过程，所以他对我下了诅咒，他的眼睛会跟随我一生。”

“肖君真？我知道这个人，你竟然是当年‘凌霄大学杀人案’的幸存者？”

“是我，事情发生后我就改了名字，我的真名叫楚清然。我没想到事情已经过去八年了，他的鬼魂还会一直看着我，让我惶惶不可终日。”

3.

“竟然是以这个故事为蓝本！”沈彦安大为震惊。

我俩都是凌霄镇出来的学生，对于肖君真的事情略有耳闻。

肖君真的事情发生的那一年，我和沈彦安才十八岁，我们就读的凌霄大学是镇上唯一一所大学。

2007 年 11 月，肖君真因为频繁偷窥班级里的女生，被女生发现，女生欲向校方举报肖君真的兽行，肖君真恼羞成怒，持刀杀人。

凶案发生后，全校停课一天。据说当时有人目睹了凶案现场，心理崩溃，还被带去青俞山疗养院休养了一年多。

这个人正是故事里的主角——楚静蓉。

当时我和沈彦安年纪尚小，对这件事的后续根本不清楚。

我拿着已经快散架的牛皮纸本子，仔细检查了上面的笔迹，这确实不是我的笔迹，这个本子也不是我的本子。

我对着沈彦安比画：“这故事不是我写的。”

沈彦安诧异：“不是你写的，你家里还能有其他人？”

我比画：“应该是上一任屋主留下的。”

前两天我打扫屋子的时候就发现了，这个房子里摆放最多的东西就是书籍，推理书籍更是占满了半个墙壁的书架。

房东太太跟我说，上一任屋主是一个足不出户的作家，他失踪了。房东太太曾报过警，两年过去了，失踪的作家还是没有回来。

我把这些事情比画着告诉沈彦安，他像是吃到了什么惊天大瓜，捂住嘴巴：“魏木头，天赐良机啊，你不觉得这简直就是一个非常好的悬疑题材吗？”他举起手中的本子，对我眉飞色舞地说，“你看，2007 年的旧案幸存者楚静蓉和已经死去的凶手肖君真，再加上失踪的作家，每一个都是极具话题性的人物。你赶紧把这些碎片整理出来，写成一个完整的故事，未来最有名的大作家就是你啊！”

沈彦安越说越来劲，他甚至开始在手机上搜索肖君真的事情，只为帮助我将这个故事还原得更完整。

2007 年，肖君真的新闻爆出来的那一刻，所有人都在骂他人面兽心，是一个伪装高手。因为这家伙长得一表人才，身高一米八，平时有健身的习惯，即使已经年过三十，看起来还是像一个青春洋溢的大学生。他平日里为了装老成，总是戴着一副金边眼镜，那副眼镜没什么度数，只是为了让自己看起来更加稳重一点。

肖君真教的是历史，按理说历史也不是什么热门学科。这些小姑娘哪里是对历史感兴趣，分明是对帅气老师感兴趣。

再加上肖君真本人又十分擅长画肖像画，他会挑选一些学生当模特，画肖像。

他博学多识，长得又好看，待人温柔细心。他成了那群女生心中最完美的“暗恋对象”，还有一部分女生把他当作偶像天天写在日记里。

校方总是接到家长的投诉，说这肖老师长得太年轻了，又帅气，自家孩子总是跑去办公室问问题。

投诉逐渐增多，对肖君真造成了不良影响，他也不想因此丢了饭碗，干脆上课的时候什么衣服丑就穿什么，还特地与学生们保持距离。

乍一看，这确实没什么问题，肖君真就是个正人君子，是刚成年、情窦初开的女同学多想了。

直到 2007 年的丑闻爆出来，大家才知道这道貌岸然的伪君子患有严重的偷窥癖。

2006 年年尾到 2007 年，学校要重新修建女生宿舍，女生们就搬去了原先的老宿舍。老宿舍是跟老师混住的，一栋楼分为两半，左边住着女学生，右边住着老师，中间被封住了。

当时女生宿舍分到最后，206 号房就只剩下楚静蓉跟李珍月。肖君真所住的 205 号房和她们所住的房间只有一墙之隔。

没人发现那墙上有一个洞，大约有两个指头那么宽，平时被纸团堵住，不细看根本看不见。肖君真就靠这个洞偷窥两名女生。

据幸存者楚静蓉讲述，案发之前，她就经常收到偷窥狂寄出的信件，信件里全是挑逗之意。一开始她以为自己是被同龄的同学盯上了，后来她才发现是肖君真。

她劝说室友李珍月远离肖君真，然而李珍月当时对肖君真心存好感，对楚静蓉的话根本不听，两人还为此吵了一架。

这一点在她们的同学口中得到了证实。

那时李珍月没有想到，肖君真是个人面兽心的家伙，他会在 2007 年 11 月将她残忍杀害。

沈彦安浏览完肖君真的新闻，依旧不可置信地摇头：“时隔多年，我还是无法想象，他会是这种人。”

我点点头表示同意。

的确，我和沈彦安都跟肖君真接触过，肖君真没入住学校宿舍之前，就住在我们那片居民楼。我们是楼上楼下的邻居，每天抬头不见低头见，他看见我们总是笑眯眯的，谈吐之间给人一种如沐春风的感觉。

别说在当时没有人相信他是变态，就是放在现在我们也没有办法想象肖君真是这种人。

难道这就是所谓的知人知面不知心吗？

“不对，魏木头，我总感觉这个事情有隐情。”

我比画：“怎么说？”

“你想，如果这个事情没有隐情，为什么调查这件事的作家会消失呢？我们现在按照作家留下的信息再分析一遍吧，说不定能够找到什么线索呢！”

4.

2015 年 5 月 10 日，星期日，第二次谈话。

“抱歉，巫先生，这么晚了还来打扰你，但我实在不知道该对谁说这个事情。”

“没事，我平常因为写稿子睡得也很晚，现在才晚上九点而已。说起来你今天没有去上课吗？我都没听见你出门的声音。别误会，我不是有意去听你开门关门的声音，你知道我们这栋楼的隔音效果并不好，你每天出门的动静我都能听见一些……”

“我今天确实没有去上课，因为身体不太舒服请假了。不是因为生病，而是心理上很不舒服，我感觉那双眼睛还在我家里。我睡觉的时候，感觉视线就在天花板上；洗澡的时候，感觉视线在卫生间的镜子里。这种感觉让我心底发毛，我没有办法睡一个好觉，我也没办法认真教学，索性请假补觉，没想到一整天了，我就在中午的时候眯了两个小时。那两个小时里我又回到了案发的那一天，肖君真要对我动手的时候，我被吓醒了。”

“你肯定很害怕，来喝点热牛奶压压惊。”

“谢谢，我对牛奶过敏。”

“你那晚回去之后，我有认真地看过当年的新闻。有一件事我想仔细问问你，希望你能如实回答。”

“当然，我保证我说的每一句话都是实话。”

“当年肖君真被捕之后，你好像停学了，你因为受到刺激被人送去了青俞山疗养院对吗？”

“嗯，我家里人觉得我受到的刺激太大了，毕竟我的朋友李珍月死在我面前，我害怕极了。再加上肖君真对我的诅咒，我每一天都觉得他的眼睛在看着我。”

“肖君真生前为自己辩解的那些话，你知道吗？他说，你曾找到他，说你被人监视了，你经常收到威胁信，你觉得监视你的人就是同寝室的李珍月，你想找人换寝室。班主任说学校的宿舍不够，你没能换宿舍，你很伤心，肖君真看见你了，就安慰你，他还向你询问了一些李珍月与你的过节，这些事情你能想起来吗？”

“假的，这绝对是假的。这是他为了逃脱法律制裁编造的谎言！我跟李珍月确实有点矛盾，但是这跟他杀害李珍月有什么关系？”

“据肖君真交代，是你几次进办公室向他求助，他才决定帮你。这在其他同学眼里就变成了，是肖君真每次主动找你进办公室，既然你说是他把你叫进办公室，那你还记得每次他说过什么吗？”

“巫先生，你不相信我吗？”

“我只是希望你能够说出尽可能多的信息，这样也许对于我们抓住你背后的那只‘鬼’有帮助。你知道吧，‘鬼’之所以缠着一个人不放，是因为他心愿未了。如果你想彻底摆脱他，那你就需要和盘托出。”

“事实上，我因为进入青俞山疗养院治疗一年，已经忘记了当初的一些细节。我只记得，每次我进办公室，他的手都会搭在我肩上，他告诉我，放轻松，别紧张……”

“只是这些吗？”

“这些难道还不够吗？巫先生，你是不是想借我的事情写一篇稿子，我说的这些不足以满足你贪婪的胃口了，你觉得不够刺激是吗？都怪我看错你了！”

“楚静蓉女士，你似乎有些太激动了。你先坐下来，我给你看个东西，你就知道我为什么会问你这些问题了。”

“这是什么？”

“一份精神诊断报告，是你母亲的。这份报告显示，她有精神分裂症，研究表明精神病遗传率虽然不高，但确实存在。”

“这报告是从哪里来的？”

“这是我在网上找到的，当时警方在肖君真的宿舍发现的。这上面有你父亲的指纹，这东西或许是你父亲亲自交给他的。在凶案没发生之前，他曾去过你家中家访。”

“你是想说我患有精神分裂症？”

“存在这个可能。说实话，你的精神状态真的非常不稳定，你自己没有发觉吗？”

“完全没有，我觉得我就是一个正常人。”

“那你介不介意我观察你几天？”

"什么意思？"

"你可以理解为，让我'偷窥'你几天，看看你这几天的行为。当然，我'偷窥'的范围只限于你家门外，我不会看到你在家里面的活动，你拥有绝对隐蔽的私人空间。"

"这样做你就能帮我抓住背后那只'鬼'吗？"

"不敢百分百肯定，但我也许能够给你一些答案。"

"那你要观察多久呢？"

"时间不好说，下一次我邀请你来的时候，我会把我观察到的所有事情都告诉你。你愿意接受吗？"

"好。"

"那就这么一言为定，晚安，祝你今夜好梦。"

5.

我和沈彦安看到这里，他猛地合上了本子："魏木头，我想起来楚静蓉是谁的女儿了。"

当时在凌霄镇十字街口，有一个卖小笼包的独眼男人，店铺招牌就是"独眼包子"。

据说这个男人年近三十岁都没有娶妻，就因为他出生时天生坏了一只眼睛。后来他的父母在他幼年时便死于车祸，只有爷爷奶奶将他带大，镇上的人都觉得晦气，不愿意把女儿嫁给他。后来有一天，独眼男人娶妻了，娶了一个长相还算漂亮的姑娘，只是这个姑娘有病。她在白天和黑夜完全是两个极端的模样。白天她在十字街帮忙卖包子，对待客人温声细语，一副菩萨模样；夜晚她就拿着一把刀站在十字街口发疯，要砍死路过的所有男人。

后来大家怕她伤人，就建议独眼男人晚上把她锁在家里。

一开始还能锁住，后来她学聪明了，总能偷跑出来，没办法就只能给她使用加固的链子。

有一年，我和沈彦安去买包子时，碰巧就看见了那个被锁住的女人，她趴在地毯上，用手去抓盆子里的食物。

独眼男人渐渐老去，他的力气大不如前，只能把疯女人送去疗养院关着。

又一年冬天，疯女人突然清醒了，说要回来给自己女儿过生日。凌霄镇的冬天很少下雪，偏偏那一天雪下得很大，她穿着薄薄的单衣和拖鞋，从疗养院一路跑到凌霄镇的黑水河，脚下打滑，掉进了黑水河里。

疯女人死了。

大概是觉得这事儿实在是不怎么光彩，独眼男人和他的女儿从那以后再也没有提起过她。

时间变成橡皮擦，擦掉了人们对楚静蓉母亲的记忆。

牛皮纸本子里掉出几张楚静蓉的照片，那是成年之后的她，拍摄者应该是这个推理作家。

楚静蓉穿着墨绿色长裙，坐在巨大的画板前，她白皙的脖子修长，仰起头望着画板最顶端的那颗星星。

“你别说，这照片看着还真像她那个疯疯癫癫的妈。”

是啊，真的很像。漂亮，疯癫，又迷人。

多年前，那些人都说独眼老板是捡了个大便宜，如果这美人不是有精神上的疾病，怎么轮得到他呢？

我看向沈彦安，朝他比画：“你说有没有一种可能，这楚静蓉真的是个疯子。杀人的不是肖君真，而是她？”

他露出志在必得的笑容：“魏木头，你愿意跟我打个赌吗？”

我比画：“赌什么？”

“杀人的是楚静蓉，肖君真是无辜的。”

我比画："赌注是什么？"

"如果我猜对了，你就让我写这篇稿子可以吗？赌错了，我就赔你一张飞机票，你随意去哪儿玩都由我承包费用。"

沈彦安冲我勾唇一笑，这才是他的真实目的。

我知道，沈彦安其实早就偷走了我很多稿子，就像是他偷走了我很多年的人生一样。

他在我面前装作我的知心好友，全世界只有他最懂我。可事实上，他只是为了将我狠狠踩在脚下。

如果不是半年前，我无意中听到他和女友余璨的对话，无论如何我也猜不出当年事情的真相，原来他才是把我变成哑巴的元凶。

小学六年级那年，学校组织元旦晚会，需要比赛选出一名学生当领唱。

我、沈彦安和关雷都被选上了，老师说只需要一个人。当时学校请来了我们市区小有名气的明星，我和沈彦安都喜欢那个明星，都想登台演出，并且领唱的人可以和那位明星拥抱合影。

我天生胆子小，但为了靠近自己的偶像，我拼命地努力。

可比赛开始前，我无意中拿错了保温杯。沈彦安看到后，忽然开始大叫，你刚才是不是喝了这个水，这水有毒，不能喝的。

不知道是出于紧张害怕，还是因为水真的有毒的缘故，我登台表演的那一刻，我的嗓子发不出任何声音。最后我是哭着下台的。

后来，奶奶带我去医院检查，医生说我的嗓子没有问题，可能是心理作用造成的。

但不知为何，这么多年过去了，我接受了无数次治疗，还是没有办法开口说话。

那天比赛的结果是关雷赢了比赛，沈彦安也没有得第一名。

他来医院看我，一副义薄云天的样子："魏林，你放心，我会一直陪着你的。那第一名本来就应该是你的，是关雷耍手段，给你喝了有毒的药水，他才能夺走你的第一名。"

小时候人傻，别人说什么，我就信什么。再加上我和关雷本就有过节，因此沈彦安说这句话的时候我信了。

沈彦安说："我听人说，关雷为了得第一名，特地去找他那个跳大神的奶奶，求了一杯心愿水，要把你变成哑巴。那水你拿去检查了吗，有没有毒？"

我摇头，没有毒，那里面什么都没有。可我还是变成哑巴了。

或许关雷的奶奶真的有神力吧。

打那以后，沈彦安就一直陪在我身边，我们上了同一个初中、高中和大学。

从前我学习总是比沈彦安好一点，但自从我变成哑巴后，他考试每一次都比我强一点。

我本就不喜欢结交朋友，变成哑巴后，我更是成了孤家寡人，身边只剩下他。但他不一样，他有着五湖四海的朋友。

当他发现我开始写作后，就把我拉进一个作家群，介绍给那群同样在写作的作家。

我以为我是幸运的，孤独无垠的世界里他是我唯一的光。

如果不是我亲耳听见沈彦安和余璨的对话，我至今都会认为我们会一直是最好的朋友。

"沈彦安，你就这么喜欢跟那个哑巴在一起啊？到底我是你女朋友，还是她是你女朋友？"

“余大小姐，你吃什么醋啊。就魏林那个长相，你也犯得着吃醋？我不过是看她可怜，总是带着她玩而已。说起来，我也是对她心里有愧。”

“有愧？我看你是心里有鬼吧，说不定你就喜欢她那种女生呢！我听人说，有些男生就喜欢把女孩喂胖，然后可以独占那个女生。我看过你俩以前的合照，她在高中时期都很瘦，是你把她喂成这样的，你还说你不喜欢她？”

“你知道她是怎么变成哑巴的吗？”

“难道你把人家毒哑了？”

“是的。当时我在一本书上看见了一个有趣的小实验，教我们如何操控人的心理，让一个本来没有病的人觉得自己患病了。你知道我平时就贪玩，喜欢研究这些东西。恰好当时我们学校有个演出选拔赛，如果没有意外的话，她会得第一名，但是我不想她得第一名，因为我想得第一名。”

“然后你就给她下毒了？”

“没有毒，那只是一杯很普通的水。但她本来就紧张害怕，人在过度紧张时，就会潜意识地觉得自己真的被下毒，导致不能说话了。这和她从小生活的环境有关，她本来就有心理压力，能够挤进前三名已经很不容易……我给她的这杯水，不过是在给她制造一个‘失败的机会’，她想要这个机会，因为她不敢面对台下这么多人，她害怕。”

“原来如此，然后她因为自己的恐惧心理就真的变成哑巴了？天啊，沈彦安，你好狠毒。你这些年还在剽窃她的稿子，不断地打压她，让她觉得只有你才认可她的才华……”

“谁让她父亲勾引了我母亲，让我从小就失去母爱，每天都被我父亲骂，她却能够享受到无尽的母爱！我嫉妒她，我们有同样的命运，为什么她却比我幸运？”

我不敢相信这是事实。

小学五年级，我目睹了我父亲与他母亲的丑事，因为害怕我一直不敢告诉他。他是我唯一的朋友，我怕这个事情会伤害他，因此我对他事事顺从。

原来他一直都知道，甚至记恨我，认为是我毁掉了他原本幸福的家庭。他开始用更卑劣的手段来毁掉我的人生。

沈彦安当然不喜欢我，他把我喂胖，只是为了让我变得更加自卑，不敢出去交友，只能依赖于他。我一直以为我们是最好的朋友，哪怕世界毁灭，他也会站在我身边，事到如今我才明白我的世界毁灭，是因为他。

那天晚上，我在被窝里终于哭出了声。

哭了一整夜，我发誓要改变自己的现状，必须脱离沈彦安给我安排的人生。

我要减肥，我要搬家，我要远离沈彦安。

在沈彦安没有关注我的这半年里，我开始健身减肥，从沈彦安给我租的房间里搬走，来到“枣林里”这个居民区，打算开启新的人生。

如果沈彦安这次没有找上门来，我想我会放过他。

但他显然不想放过我，他想拿走这份稿子，把署名变成他自己。

我知道沈彦安有个作者小号，他小号里的那些小说全都是他毙掉的我的废稿。

以前我真的以为是我写得不行，沈彦安才会对我摇头叹气，直到我看见这个小号发布的文章，我才明白不是我写得不好，而是写得太好，被他惦记上了。

他的手搭在我肩膀上，眼睛里带着一丝明显的嫌弃，上下扫视我还是微胖的身体。

“哎，魏木头你好像瘦了一点？是不是哥哥半年没来看你，你饿瘦了啊？今晚我就带你出去吃火锅、烧烤、大肘子，你想吃什么都跟哥哥说。”

我摇头比画着：“不用啦，我已经做好了饭菜，你一边吃，一边看这篇小说吧。”

我给他倒满一杯酒，他心满意足地继续阅读稿件。

6.

2015 年 5 月 30 日，星期六，第三次谈话。

“楚女士，你好，我一直想邀请你来我家详谈，但你最近总是很忙，我只好深夜前来打扰。距离上次谈话已经过去十九天了，今天我想跟你聊聊，这十九天观察行动里我的发现。”

“你说吧，请喝茶。”

“我拍了一些你的日常活动照片。这是 5 月 15 日下午你去兴趣班上课的照片，这一天你穿了一条墨绿色的裙子，你在临摹凡·高的星空。5 月 16 日，你一整天都有课，你早上八点出门，到了教室后一直教学，忙到晚上七点半才回家，只有中午的时候你出去在对面的面馆吃了一碗牛肉粉，不到十五分钟你就回教室里准备午休。5 月 17 日是周末，这一天你跟昨天一样，非常忙碌。如你所说兴趣班最忙的就是周末。”

“巫先生，我想打断一下，你说的这些都很平常，就没有什么奇怪的地方吗？比如说有人跟踪我什么的，我今天很累，不想听见这些废话。”

“人在知道自己会被别人监视的情况下，一般她做出来的反应要么是害怕，要么就是十分规矩。但还有一种人会积极地表现自己，恨不得把全部都展示给这个人看。”

“我是哪种人呢？”

“楚女士，你是最后一种。”

“什么？”

“我的意思是说，楚女士你有暴露癖的苗头。”

“巫先生！你知道你这是在污蔑吗？”

“楚女士你先别激动，我可以给你看一下你在不知道我会偷窥你的情况下，你是什么样的……自从第一次你来我家之后，我就已经对你进行了‘观察’。这个视频里的你，才是真实的你。这个视频是5月8日拍摄的，当时你结束了一天的课程，在前往白鸟广场的时候，一阵风吹来，你的裙子不小心被风刮得飞起来了。你表面看起来很慌乱，但是我反复观看了这段视频，发现你脸上的笑容很明显。你似乎并不着急这个裙子被风吹起来，你反而很开心，这广场上有人能看见你的身体……”

“这……这能代表什么？也许我是羞愤难当，不好意思地笑了，掩饰自己的尴尬。”

“那这一张照片呢？5月8日的黄昏时分，你在家没有穿衣服，你明知道你对面那栋楼住着一个男人，那个男人他刚好那天在家休息。你是不是很好奇，我怎么会在这个男人的屋子里拍摄你？这男人叫叶昊文，他是我的朋友。大概在三个月前叶昊文就跟我说过，他说对面楼那个女士好像有点不文雅，经常不拉窗帘，穿着清凉地走来走去。一开始他以为这是偶然，后来他发现这女士只会在周六的时候这样做，而周六刚好是他休息的日子。叶昊文很苦恼，因为他有女友。楚女士，那天你肯定不知道我在那个屋子里吧。”

“我……我……不知道，我真的不知道我为什么会变成这样。从小到大我都是个含蓄内敛的女生，但好几次我做梦梦见，自己在梦里没有穿衣服被人注视，这让我觉得很自由。后来我发现我竟然希望有人每天注视着我，抑或是欣赏我的身体。可是这一切，跟我背后那只偷窥鬼，有什么关系呢？”

“你喜欢被人偷窥，你觉得这会给你带来刺激。但我提出要观察你的时候，你又会表现得非常正常，因为你渴望自己在人前是正常的，在你认为我看不见你的时候，你又会是另一副样子。楚女士，你放心，我没有想要谴责你的意思。这世上有很多怪癖，你只是心理存在病症，这并不是一件很羞耻的事情。或许你只是想得到别人更多的关注，这和你童年的经历有关吧。父亲忙于维护家庭稳定，母亲被关在疗养院，没有人关注你。你迫切地想要得到更多的关注，别人的目光能够给你带来快感。于是你给自己编造了一出戏，一出你被偷窥的戏。”

“什么？你说是我自导自演？”

“嗯。叶昊文对我说过你的事情，从那时我就已经在关注你了。包括你之前对我提到的那束铃兰花，也是你自己送给自己的。我有证据，你看这张照片，你穿着一身男装，进花店买下了铃兰花，安排店家在第二天派人送给兴趣班的楚老师。据我所知，偷窥狂的威胁信也是你自己放进去的。”

“这不可能是真的，难道我跟母亲一样患有精神分裂？”

“当年宿舍里的那个洞，其实也是你最先发现的。当你知道你隔壁住的是肖君真老师时，你就已经准备开始演戏了。你希望肖君真能够随时注意你的动静，但你又不能主动在他面前晃悠，因为你要顾及自己的名声清白。于是你进办公室跟肖君真说，你感觉最近有人在偷窥你、威胁你，你猜测是李珍月在背后搞鬼。身为老师的他，决定帮忙调查清楚这件事。他自然而然就想到墙壁上的洞，人都是有好奇心的，更何况一墙之隔，只需要靠一个洞，就能知道所有事情的真相，他肯定会选择这个最简单的办法。你知道肖君真通过洞口观察你们宿舍，你觉得好刺激，墙壁上的洞让宿舍变成了你的私人舞台，你每天都在他面前演戏。

“肖君真看见了病态的你，但他不敢告诉其他人。因为他是偷窥者啊，这罪名说出去，他颜面何在？于是肖君真频繁地把你叫进办公室，想帮你做心理辅导。为了帮你治病，他甚至去了你家里家访，了解你家中情况。你觉得自己受到了奇耻大辱，比起被别人偷窥，你更害怕他们发现你家里的情况，你有个独眼爸爸和疯子妈妈。所以后来当肖君真把李珍月叫进办公室的时候，你害怕李珍月知道你的秘密，于是你开始实施泼脏水计划。

“你以肖君真老师的名义把李珍月约到了宿舍楼外的花园，你打算杀人灭口。你得手了，那把刀是你插进李珍月身体里的。那时你戴了手套，肖君真冲过来了，你把刀放在他手上，然后大叫一声，假装昏死过去。至此，你的全部计划完成。

“肖君真被众人怀疑，警方在他宿舍墙壁上发现了那个洞，以为肖君真每天都在偷窥你们，你和李珍月是受害者。女孩本来在大众眼中就属于弱势方，你的计划可以说是万无一失，肖君真被推到风口浪尖，人证物证俱在。李珍月已死，肖君真在入狱之后也不堪心理压力自杀了，没有人会知道你的秘密了。

“当时你被带去青俞山疗养院治疗，你的病看似好了一大半。这么多年你一直隐藏着，直到我住进你对门，叶昊文住进你对面那栋楼。你的病再次发作，你决定故伎重演。知道我喜欢写悬疑小说，你故弄玄虚，甚至编出闹‘鬼’的噱头，只是为了让我们密切关注你的生活。

“我说得对吗，楚静蓉女士？”

“哈哈哈哈，精彩绝伦的推理，巫先生你不愧是推理小说家啊。你说的这个故事太好了，你有什么证据吗？”

“当然有，你的病例报告在两年前就被人发布在网上了，或许你还不知道吧。你确实患有精神分裂症，你分裂出来的两个人格，一个喜欢被人偷窥，另一个则是偷窥狂人格。简单来说，这些日子并没有人在偷窥你，是你自己在偷窥你自己。”

“我愿意给你的推理打九十分，知道为什么不是满分吗？你有没有发现你的头很晕。”

“你在我水杯里……”

“你忘记啦，今天是你主动来我家的哦，现在我要对你说晚安，好梦。”

7.

“魏林，我感觉我的鸡皮疙瘩起来了，最后这篇日记不是巫先生写的，这是楚静蓉写的！她杀了人！”沈彦安双手一抖，把本子丢到我身上。

我当然知道最后一篇稿件是楚静蓉写的，这两人的笔迹都不一样，早在我搬家来这里的第一天，我就已经把这篇稿子读完，并且发现了其中的秘密。

我知道巫先生的失踪和楚静蓉有关，一年前巫先生失踪后，楚静蓉就被抓了。她疯疯癫癫跑去警局报案，说自己被人偷窥了。她因为害怕，把偷窥她的那名男子杀了，推入河中，至于尸体在哪里，她不知道了。

她把自己伪装成精神病患者，再次躲进了青俞山疗养院。

我知道那具尸体藏在哪里，就在这间屋子里，在沈彦安坐的那张沙发背后，那个大大的壁炉里藏着一具尸体。

他的眼睛一直都在盯着沈彦安呢。

“彦安，你猜对了，杀人的真的是楚静蓉，你赢了。你要把这份稿子带走吗？”

听见我的声音，沈彦安如见恶鬼，他猛地站起身：“魏……魏林，你会说话了？”

我装作无辜地看着他：“唉？好像真的会说话了。”

沈彦安追问：“你从什么时候会说话的？”

“就在刚刚吧？”我微笑。

沈彦安害怕极了，但他虽然害怕，却依然没有忘记带走那份手稿。

“魏林，我忽然想起来，我有点事，我要回家一趟。”

“好，路上小心哦。”

我很听话，送他出门，对他挥手，他慌忙地坐上车。

人真笨，在慌张害怕的时候，总是会忘记很重要的信息。

沈彦安在我家喝了一些酒，他平常知道自己开车，一滴酒都不会喝。但是今天不一样啊，他难得看到了这么好的故事，能让他获得更多关注与名气的故事，他的酒杯一直都没有空过，桌子上的酒都被他喝完了。

酒驾出事。这个结局我在三天前就帮他想好了。

其实我给过他机会，如果他这次选择放弃这份稿子，我就不会拿他怎样，但他还是让我失望了。

我站在壁炉前，抚摸着那一块块红砖头。

“巫先生，你的心愿我帮你达成了，你开心吗？”

在搬来“枣林里”的第一天夜晚，看完整份对话手稿的我做了一个梦。我看见巫先生从壁炉里走出来，对我说了这份稿子的真相。他想让我帮忙，让真相大白于天下，于是我想到了这个一石二鸟的计划。

沈彦安酒驾出事，这份稿子又在他车上，到时候很多人，包括警方都会知道这个事情的真相……

我坐在漆黑的夜里，等待着手机响起的那一刻——

“喂，是魏林女士吗？请问沈彦安是你的朋友吗？他是刚从你家出来吗？他酒驾被查到后妄想开车逃逸，结果撞到路障出车祸了……”

我不能说话，认真地听着警方最后的宣判。

“沈彦安当场死亡……”

CHAPTER 003

3 号病房病人档案

姓名：[redacted]

性别： 女

年龄： 45 岁

病症名称： 幽闭恐惧症

病症表现：

因早年间处于过分粗暴或压抑的环境中，患者的心理发育受到扭曲，对外界事物出现错判或误判，从而内心常感到痛苦与恐惧，对封闭空间感到焦虑不安。恐惧发作时，往往伴随有明显的植物神经症状。

[redacted]

(D) TOP SECRET SPECIAL HANDLING

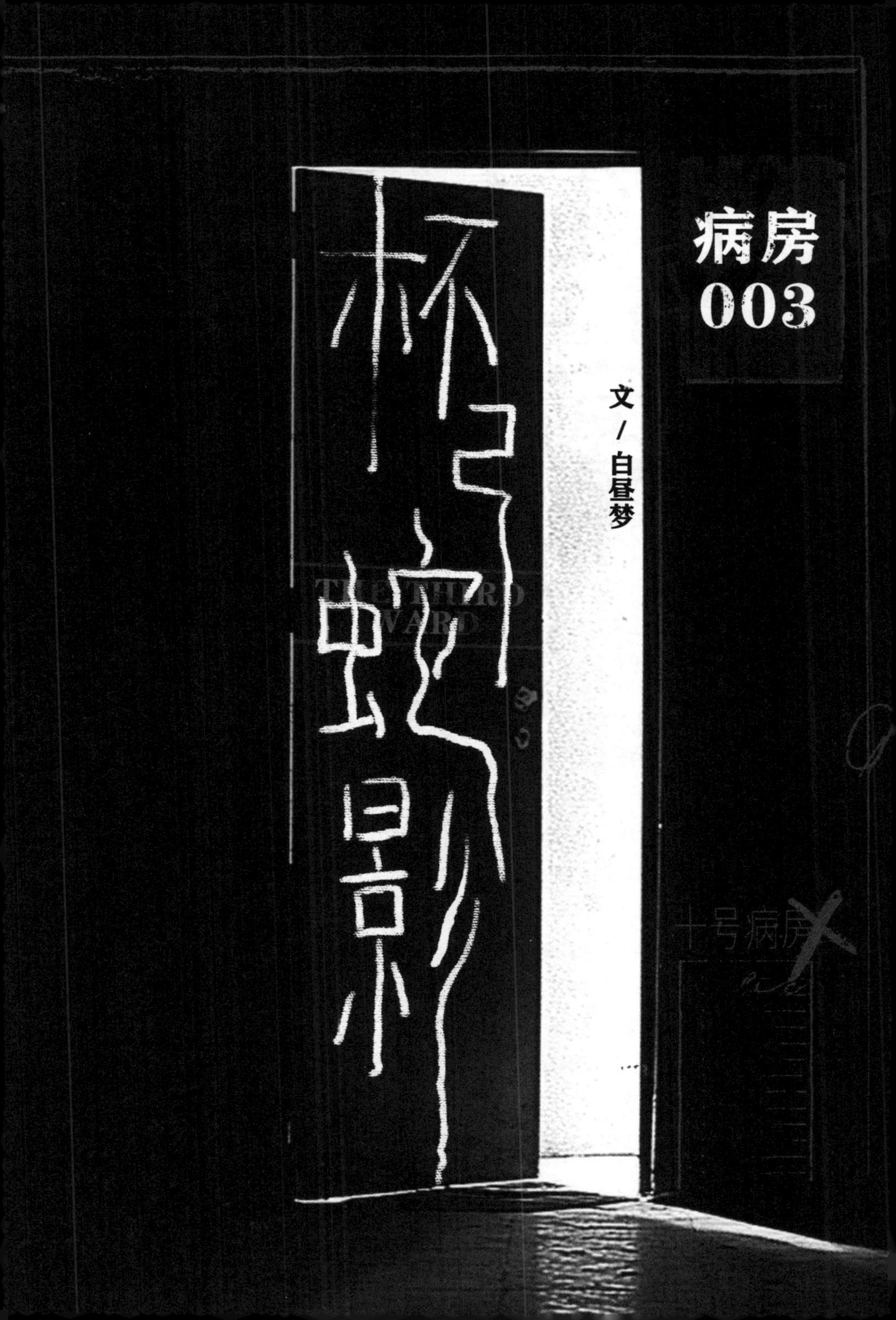

病房
003

杯弓蛇影

文 / 白昼梦

杯弓蛇影

THE THIRD WARD

文／白昼梦

1.

担任周夫人护工的第三个月，她递给我一张面巾纸。

上面是用浆果色唇釉写下的扭曲的红色字迹：救救我。

周家这份工作是我从前的雇主陈奶奶介绍给我的。

前年陈奶奶的老伴因病去世，伤心之下人难免精神恍惚，下楼时不慎摔断了腿，需要人贴身看护。

她年轻的时候是重点高中的优秀班主任，脾气很硬，说一不二，还有严重的洁癖。一双儿女有心陪伴照顾，却被她劈头盖脸地骂了回去，最后没办法，只能请护工。

那位护工就是我。

起初陈奶奶对我完全没有好脸色，但时日渐长，在长达半年的细心看护中，她逐渐认可了我，也对我说了实话。

她说因为和老伴的感情很好，老伴走后她已有死意，摔断腿后更不想拖累儿女，所以一开始想要用恶劣的态度把我赶走。没想到我居然毫无怨言，尽职尽责地陪伴她度过了那段最黑暗的时光，让她又有了生的乐趣，真是难得。

我当时是怎么回答她的呢？我擅长把事情做得很漂亮，更擅长说漂亮话，但因为并不是发自内心的想法，要想起自己说过的话也总需要回忆。

我应该是这样说的：“陪护病人是我的工作，更是我的职责。优秀的护理并不应该只照顾病人的身体，更要照护病人的心理。”

这句话得到了陈奶奶的认可。当了一辈子的老师，陈奶奶人际圈很广，在病好后她又为我介绍了几个出手相当阔绰的雇主。

这正是我的目的。毕竟优秀的护工和出色的保姆一样，根本不在市场上流通。

但对于周家的工作，陈奶奶却是这样说的：“小林啊，如果你不想去他们家也没关系，我可以再给你介绍别的工作……要不是你这孩子说最近急用钱，我都不会跟你提他们家。”

“他们家有什么特殊情况吗？”我询问道。

“唉，他们家啊……周文谦是我以前的学生，每到家长会都是他爸爸来，从来没见过他妈妈。”陈奶奶深深叹了一口气，“他妈妈的精神状态应该不太好。”

“文谦跟我说的是他想要一个经验丰富又守口如瓶的护工。小林，我知道你是个沉稳严谨的孩子，不过他家的情况你最好连好奇都不要有。”她没有再说周家夫人的情况，只是又叮嘱我几句，让我一定要想好，如果干不下去了可以和她说。

难怪这份工作的工资出奇地高。

护工其实也有很多不同的类型，其中价格最高的就是二十四小时不离身的随身看护，在新海市这种护工的平均工资是一天六百到八百元，而周家给出的薪资远高于此。

这的确是个为我量身定制的工作。

我是个很敬业的人，只要在法律允许的范围内，工资到位，雇主的要求我都会满足。

于是第二天早上七点四十五，我准时出现在静水公馆一区六单元门前。

周文谦和我约定的会面时间是八点，但我和所有雇主见面都习惯早到。提前半个小时太长，五分钟太短，十五分钟刚好，既能体现恰到好处的奉献精神，又不至于太过殷勤。

静水公馆坐落在新海市二环与三环之间，是个毗邻市中心又闹中取静的别墅小区。

别墅区内包含市内的一处人工湖，住在这里的人大多非富即贵，还有不少本地企业家和官员的家属。

一区是小区内唯一的合院别墅群，共计十一个单元，每单元只有一户，六单元是地理位置最好、价格也最贵的一栋。

倒也不新奇，毕竟周文谦这个名字总是作为当地杰出企业家出现在本市新闻里。

我在地方台的电视节目上见过他，在公开场合出席的周文谦总是一身正装，鼻梁上架着金边眼镜，显得文质彬彬，平心而论称得上一句相貌堂堂，是个看起来很有教养和距离感的人。

门开了，一位身材丰满的中年女人对着我露出和气的笑：“请问您找谁？”

看她的气质打扮，我知道这应该是周家的保姆。

“我是林念之，来应聘护工的。”我笑着回答。

女人热情地把我迎了进去：“原来是林小姐，周先生和我说了有护工要来，没想到这么年轻漂亮。”

我又同她寒暄了几句才进入客厅，这个家的男主人正坐在沙发上使用平板电脑。

周文谦本人和屏幕上的相差无几，在家里他仍然穿着比较正式的衬衫，并不见居家的随意。

见到我来，他放下手头的平板电脑，颔首示意我可以坐旁边的单人沙发。

“林念之小姐。”

“周先生您好。”

“时间就是生命，我们开门见山地说吧。我是要请你照顾我母亲，而她的情况比较特殊。”周文谦用手扶了一下眼镜，“生活方面我母亲能够自理，大多数情况她的衣食住行都不需要人辅助，但护工需要二十四小时跟随她。”

越是听起来轻松的工作往往越复杂，我微笑着反问：“那什么情况下需要我照顾您的母亲呢？”

周文谦停顿几秒，没有直接回答我：“我母亲有个怪癖，她不能进入电梯、驾驶室这样的密闭空间，回到卧室也不能关房门。遇到类似情况她可能会焦虑、冒冷汗、心跳加快，甚至过呼吸。”

我心下了然，这不是什么怪癖，而是幽闭空间恐惧症。

“有时候她心情不好，反应会非常迟钝，遇到这种情况你按照不能自理的重症病人那样照顾她就行。”周文谦说到这里终于认真看向我的眼睛，“但是林小姐，我听说你的护理信念是‘优秀的护理并不应该只照顾病人的身体，更要照护病人的心理’，我很欣赏这一点，希望在你的照顾下我母亲能有所恢复。”

我几乎要在心里叹息了："您带令堂去看过心理医生吗？"

"当然，现在还会定期复查，坚持用药。"周文谦淡然答道，"督促我母亲按时吃药也是你的工作。"

这个答案的确出乎我的意料，我知道他一定有所隐瞒，但这样总比家里人忌讳心理问题，不把精神疾病当病好。

"那我今天可以见见您的母亲吗？"

"现在吧，我带你上去，这个时间她应该正好在晒太阳。"

我终于获得了面见这位神秘周夫人的机会。

那是让我觉得相当意外的一次会见。周家的阁楼上做了玻璃天窗，周夫人就躺在天窗下的摇椅里静静地看着方形的小小蓝天，素白的脸上表情一片空白。

那张脸其实已经不年轻了，眉梢眼角都铭刻了岁月流逝的痕迹，但柔软的目光和眼尾哀愁的泪痣让她看起来更像一位刚成为母亲的年轻女人。

我呼吸一窒，放柔了声音询问她："周夫人您好，我是您的新护工林念之，可以告诉我您的名字吗？"

2.

周夫人当然不姓周，周是她丈夫和儿子的姓，但住家保姆王阿姨叫她夫人，她的儿子叫她母亲，外人称呼她周夫人。她本来的名字只写在病历本上，现在还会出现在我的嘴里。

她有一个很好听的名字——宗苹苹。

宗苹苹其实是个很好相处的人，待人亲切有礼貌，日常相处时和周文谦的关系称得上一句母慈子孝。

除了不能进入封闭空间，相处的一个多月里她看起来都和常人无异。

在这个高度信息化的时代她仍然保持着阅读纸质书的习

惯，她爱好十四行诗，也喜欢看通俗小说，有时候兴致来了还会在家化妆，把自己打扮得十分有朝气。她唯一的特殊习惯便是早上起床后和太阳落山前都要到阁楼上晒太阳。

我在摇椅旁放了一个小板凳，她在那里坐多久，我就同样在那里坐多久。也只有在这段时间里，她空白的神情能让人察觉到这是个精神方面患有疾病的女人。

在我的职业生涯中很少遇到这种情况。我曾遇到过一些轻症患者，那时候我刚开始工作，往往是一对多，轮流照顾两三个不同的病人。

积累了足够的经验后，我开始照顾重症患者，一对一的护理往往要像照顾婴儿一样照顾成人，无论吃喝还是排泄都需要辅助。但在宗苹苹身边我不仅不需要照顾她的起居，连家里的大小事务也有保姆负责，我变得更像一个陪玩，而不是她的护工。

我第一次见到宗苹苹发病是在阁楼上，那天晚饭吃得早，傍晚后她一直躺在阁楼上的摇椅里，而我坐在小板凳上翻阅她最喜欢的那本十四行诗，诗集里有几句被反复画线，黑色、红色笔迹纠缠的情态形似交尾的蛇：

你的爱怜抹掉那世俗的讥谗，
打在我额上的耻辱的烙印；
别人的毁誉对我有什么相干，
你既表扬我的善又把恶遮隐！
你是我整个宇宙，我必须努力
从你的口里听取我的荣和辱；
我把别人，别人把我，都当作死，
谁能使我的铁心肠变善或变恶？
别人的意见我全扔入了深渊，

那么干净，我简直像聋蛇一般，

凭他奉承或诽谤都充耳不闻。

请倾听我怎样原谅我的冷淡：

你那么根深蒂固长在我心里，

全世界，除了你，我都认为死去。

就这样天色逐渐由浅浅的青蓝转为深沉的墨色，阁楼里没有装灯，书上的字从我眼前跳跃着远去。我将诗集悄无声息地合拢，看向我要照顾的病人。

“苹苹姐，我们要不要下楼？”

她不说话，只是固执地凝视天窗。

当第一缕星光从天窗穿过时，宗苹苹忽然在摇椅里蜷缩起来，呼吸声开始变得急促，并迅速变为艰难的喘息。

我豁然起身，把她从摇椅上抱下来，让她平躺在地面上，随即二话不说奔下楼梯，一边冲向放着牛皮纸袋的储藏间，一边大喊：“王阿姨，快打 120！周夫人过呼吸了！”

正在客厅休息的王阿姨急促地应了一声，立马摸出手机。

阁楼开着门，是什么引起了她的应激导致过呼吸？

环境从来都不是一成不变的，但最明显的变量应该只有一个，就是黑暗。

不过是上下楼的工夫，我再回到阁楼时宗苹苹已经口唇发绀。我跪到她身旁，迅速撑开牛皮纸袋，用袋口蒙住她的口鼻，用声音引导她：“苹苹姐，来，试着跟着我的声音呼吸。呼气——吸气——”

宗苹苹握住我的手腕用力摇头。

“你不会有事的，苹苹姐。”我柔声开口，“我们放松一点好不好？来，稍微慢一点，呼气——”

纸袋呼吸法通常能够有效缓解过呼吸的症状，宗苹苹的呼吸的确也没有一开始那么急促了，但她的手抓得越来越紧，始终没有卸力。

“我……回……”宗苹苹发出含糊不清的声音。

“您说什么？”我低声问，“现在吸气……非常好，保持这个节奏。”

“放我回……家……”纸袋里的声音又闷又轻，却如雷贯耳，我忍不住皱起眉。

“我已经是成家的人了，呼……小飞还在家等我……你们放我走吧……”有湿乎乎的东西流淌到我的手掌上，是宗苹苹的泪。

“小飞？呼气！”

“呼哈……他才十四岁。”

“吸气！你家在哪里？”

宗苹苹不肯回答了，但她的呼吸情况确实在好转，我终于能腾出手来摸索手机。解锁屏幕后我只做了一件事——打开手电筒。阁楼里就这样突兀地亮起一束光，照亮了宗苹苹眼角蜿蜒的湿润泪痕。

直到呼吸恢复正常的节奏，宗苹苹也没有回答我的问题，只是用恳求的眼神看着我。

她在用眼神告诉我，她不想留在这儿，她想离开，她要回家去。

医护人员就在这时登上了阁楼，宗苹苹被他们抬上担架抬离房间时仍然固执地看着我。

我只好对着她说：“苹苹姐，我是你的护工，你放心，我会跟上的。”

仅有手机手电筒作为光源的阁楼实在是有点太暗了，救护车离开前我抬头看了一眼天窗里暗淡的星星，不知道为什么这里没有装一盏灯。

早就说了，越是听起来轻松的工作往往越复杂。

周家这钱确实不好挣。

周文谦走出病房时面带倦色。在充满消毒水味道的医院，人们能时时刻刻亲眼见到有人死去。崇高的地位、惊人的财富、极致的权力在疾病与死亡面前都平等地沦为虚无。

我看得出他需要休息，但现在是询问的最好时机，如果这个疑问得不到解答，我就不可能照顾好宗苹苹。

“周先生，夫人目前的情况您已经和医生了解过了。您方便告诉我她可能发病的原因吗？”我带着歉意出声询问。

“前年我父亲去世后，我母亲的精神状态一直不是很好。”周文谦轻轻叹息一声，“有时候她的情绪上来了，甚至不认我这个儿子。”

这个回答其实无懈可击，但我们都心知肚明，我问的并不是这个问题。

今天晚上我在医院的资料上看到了宗苹苹的年龄——四十五岁，而周文谦今年三十三岁。

宗苹苹根本不可能有这么大一个儿子。

在协助宗苹苹换衣服的过程中，我也发现她身上存在许多处疤痕，甚至从有些地方的疤痕能看出受伤时伤口深可见骨。

“我了解了，周先生。不过我还有个问题想请教，夫人是在您父亲去世后才搬进静水这套房子的吗？”

周文谦没有回答。但我能感觉到他已经从疲惫的儿子变回那个运筹帷幄的公司话事人，审视的目光从镜片后投向我，冷静且尖锐，似乎在评估我问话的目的。

我仿佛没有感到他的目光，还是保持着无懈可击的微笑，继续解释道：“犯病的时候夫人说她想回家，也许是想回老宅。”

“回到熟悉的环境对她的病情更没有好处。”周文谦平静回答道，“这件事不需要你费心，你只要照顾好我母亲的生活就可以。”

我顺从地垂下头。

“还有，以后天黑之后不要让她上阁楼了。”

“我明白，周先生。”

可是周先生，你雇用我的目的并不是这样。你希望我不仅照顾病人的身体，更要照护病人的心理。

3.

时光飞逝，我在周家已经待了两个多月，在我更为细致的照顾下宗苹苹没再出现过类似那晚的情况，但她在阁楼上发呆的时间变得更久，时不时还会说她不是这里的人，要我放她走。

我委婉地同住家保姆王阿姨打听过宗苹苹的情况，毕竟她在周家工作已经有两年。据王阿姨所说，宗苹苹每年都会闹这么两回，不是发呆就是说胡话，情况不严重就在家休养吃药，严重了周文谦就让她在医院住上一段时间，好转了再接回来。

最后她笑着说，干好分内的活，少管闲事，就是她能在这里干上两年的秘诀。

我向周文谦请了半天假。或许鉴于这两个多月我始终二十四小时陪伴宗苹苹，周文谦很痛快地就答应了我的请求，甚至没问我请假的理由。

这倒也好，省得我说谎了。

周日早上八点，我提着水果和牛奶站在了陈奶奶家门前。我熟悉她的作息，早上六点起床，半个小时用于洗漱，六点半下楼溜达一圈顺带买早饭，七点半回家，吃完正好八点。

陈奶奶给我开门时身上还带着韭菜合子的香味，向我证明了她的作息始终没有改变。

“哎哟小林，怎么想起来看我了？在文谦那儿工作怎么样啊？”陈奶奶热情地迎我进门，“来就来吧，还拿什么东西，这么多我都吃不了，多浪费啊。”

“我就记得您喜欢吃这几种水果。”我也笑着往屋里进，玄关处新挂起的香囊引起了我的注意，“好久没见到您了，心里也惦记，看这挂件是手工的吧，针脚像初学者……是您孙女的手工？”

“就你机灵，确实是她的一片心意，我就挂起来了！”提到孙女，陈奶奶一脸骄傲，笑容更显灿烂。她拉着我在客厅的沙发上坐下，“小林啊，你就放心说吧，今天找我是什么事？”

“主要是来看看您。”我微笑着说，“另外也不瞒您说，我在周家确实遇到了一点小问题，实在没办法了才想着问问您。”

陈奶奶似乎意识到了我想问什么，脸上的笑开始凝固。她看着我，轻轻叹了口气，想要摇头。

我在她否定之前抢先开口了：“我想问您，宗苹苹女士——周夫人，她究竟是怎么病的？”

从陈奶奶一口一个文谦开始，我就知道他们的关系应该比较亲近。在周家这段时间经过了解，我发现陈奶奶不仅是周文谦的老师，她还是周文谦的父亲周泉的同学。

甚至陈奶奶去世的老伴都是周泉介绍给她认识的，两家的关系远比陈奶奶曾经担任过周文谦的班主任这样的关系更亲密。

“小林，我知道你不喜欢多事，怎么就想起打听这件事？”陈奶奶问。

“因为我雇主的诉求是希望我不仅能照顾好周夫人的身体，也要照顾好她的心理。”我认真地看着陈奶奶，“您知道我工作的理念。为了让周夫人能够有所好转，我需要知道这件事。”

“但你来问我，恐怕是文谦不肯告诉你吧。”陈奶奶了然地笑了笑，“说实话，我知道的也不多。”

“您如果愿意告诉我您知道的，对我来说就是帮大忙了。”我回答道。

“唉，是这么一回事……”

通过陈奶奶的讲述，我逐渐捋顺了这家人的关系。

宗苹苹的确不是周文谦的亲生母亲，而是继母。周文谦的亲生母亲也是陈奶奶和周泉的同学，周泉和她互有好感，毕业后就结婚了，感情一直很好。但因为婚后始终没有孩子，周家对这个媳妇十分不满。

那个年代没有孩子是很大的事，周泉顶住了家里的压力，始终没和妻子分开，两人相濡以沫，直到三十多岁才迎来了第一个孩子——正是周文谦。

然而由于多年无子的压力，周文谦的亲生母亲常年郁结于心，身体十分虚弱，生下孩子不久就去世了。

周泉伤心之下辞去了工作，把孩子扔给父母独身一人下海闯荡。等他再回到家时周文谦已经快十岁了，而他不仅变得身价不菲，身边也多了一个年轻女人，正是宗苹苹。

宗苹苹和周泉结婚后始终没有上班，就在家里照顾孩子。多年来她一直没有要自己的孩子，就把周文谦当作亲生儿子一样无微不至地照顾，周文谦也把她当作自己的亲生母亲。

直到周文谦十六岁那年。

那时周文谦刚升高中，开学不久就一副失魂落魄的样子。

他的班主任陈老师十分奇怪，几经询问周文谦才终于肯松口告诉她，他的妈妈失踪了。

那段时间周文谦都过得十分消沉，直到半学期后找到母亲才逐渐好转。

而宗苹苹失踪的日子里究竟发生了什么，这对母子现在的关系又究竟怎样，陈奶奶并不清楚，也没有告诉我。

没关系，这已经足够了。

4.

推开周家的门时我就听到二楼的争吵声，在厨房炒菜的王阿姨见我进门就对我连连使眼色，示意我不要上去。

虽然由于宗苹苹的病这栋别墅里的房间向来不关门，但别墅的隔音其实做得很不错，在一楼客厅都能听见争执声，只能说明争吵的两个人都很激动了。

我感谢了王阿姨的好意，然后踏上了楼梯。

“……我说了，这件事对你的病没有任何好处！”

“我不想要好处，我只想要一个公道。”

“这都是已经过去快二十年的事了，你没有证据，那个村子里也没有留下痕迹，我们怎么找这个公道？加上你是我的母亲，事情一旦曝光，大家的眼睛都追在你的身上，只会伤害你。”

“小谦，如果你怕影响公司的声誉，我可以离开周家！我只是想为自己讨一个公道……十七年前你爸爸说为了我的名声不可以，十年前你们父子说为了公司的发展不可以，现在你仍然说不可以，你们告诉我，到底为什么不可以？”

“我已经说了，你想做的事对你没有任何好处。妈，在你的心里难道我只是为了公司的声誉才阻止你吗？”

“砰”的摔门声后，周文谦阴沉着一张脸出现在我的面前，见到我也难得没有点头致意，他是个注重风度和仪态的人，这副样子显然是气狠了。

就在我以为他会这样一言不发地下楼去时，周文谦甩下这么一句话：“去把房间门打开，照顾好我母亲。”

我推开房门，宗苹苹坐在床上，目光空洞地望着窗外的天空，眼睛像两颗无光的玻璃珠子。

“苹苹姐……”

“小林，你养过鸟吗？”不等我回答，宗苹苹又自顾自地说下去，“我刚回来的时候老周怕我想不开，给我带了一笼鹦鹉，但是我教不会它们说话……它们很快就死了，在笼子里的鸟应该就是很容易死的。”

宗苹苹喃喃道：“我有病？我有病！我根本就没离开过，我一直在那里……鸟也好，你也好，小飞也好，都是我的幻想。那我现在在哪儿？”

宗苹苹豁然抬起头：“你真的是小林吗？你真的姓林吗？”

我走到床前半蹲下身，扶着她的肩膀与她平视，声音和缓：“我不姓林。”

宗苹苹握住我的手腕，直勾勾地看着我道：“你到底是谁？你告诉丁大勇，让他死心吧，我没有生育能力，生不出孩子，但只要他放我走，我能给他很多钱。”

丁大勇，听起来是买下她的人的名字。

“生不出孩子？”我重复了一句，“生不出孩子也不要紧，村里那么多光棍，你去当他们临时的妻子，丁大勇一样能收钱。你绝对不能让他知道这件事。”

宗苹苹的瞳孔瞬间放大，面部肌肉也产生轻微的痉挛。我知道我的猜想是正确的。

陈奶奶那里缺失的拼图，随着母子俩的争吵与宗苹苹现在的反应已经填补上了。

宗苹苹当年应该不是普通的失踪，而是被拐卖妇女的团伙卖到了某个光棍村，在那里遭受了非人的虐待，幽闭空间恐惧症很可能是在那儿留下的应激反应。

但她反反复复的精神问题却并不像只是那段经历导致的。

一个已经被救出来的人，到底是为什么才会时常觉得自己从未逃离那里呢？

我竖起食指抵在唇畔，对着宗苹苹低声诱劝：“嘘，他们都在外面听，你不要大声说话。我和你一样是被拐到这儿的。”

陪护宗苹苹的近三个月里，我也陪同她见过几次心理医生，心理医生的嘱咐我记得很清楚。他说宗女士这些年的情况他都看在眼里，有时候不如多顺着她，精神状态反而可能恢复。

这件事周文谦出于重重顾虑不肯做，但他挑选护工时的种种要求透露出他矛盾的潜意识——他不想做，却希望有个人能替他做。

宗苹苹看着我抿紧嘴唇，显然犯病时的她对说出这种话的我不那么信任。

“我也想逃。”我放轻声音，“我做梦都想离开这里，所以我们不能轻举妄动，我们要装作顺从，这样他们才会放松警惕。我知道你不信任我，但是没关系，等你信任我的时候可以告诉我，然后我们一起逃。”

宗苹苹松开了握住我手腕的那只手。

自那天后，我仍然督促宗苹苹每天按时用药，然而这一次她沉浸在妄想中的症状没有任何好转，整个人清醒的时间少，发病的时间多。

我选择了陪她继续演下去。

在她清醒的时候我是护工小林，在她生病的时候我就是和她一样被拐卖到村庄里的女人，我们共同的目标就是逃离这里。

来到周家正好第三个月的那天，她递给我一张面巾纸。

上面是用浆具色唇釉写下的扭曲红色字迹：救救我。

我收起字条对她点头，向她承诺一定会救她出去。

当晚周文谦看到那张字条时并没有发怒，而是往后仰靠进沙发里，神色有些疲倦。

入夜后客厅巨大的落地窗就像一面镜子，里面能映出明亮的水晶吊灯，也能映出人孤独的影子。

“我母亲的情况我知道了，下周你去结一下工资和补偿吧。”周文谦的语气很平静，仿佛已经说过同样的台词很多次，“雇你的时候我们就说好了，这里的事你不需要和任何人提起。”

“周先生，您也看到夫人的病情了。”我看着他，并没有退缩，“上次陪夫人看心理医生的时候您也听到了医生的建议，有时候我们要顺着她来。如果您的诉求是控制家里的病人，当然可以把夫人送进精神病院；但如果您的诉求是希望夫人有所好转，也许顺着她，让她‘逃走’一次，她才能真正开始恢复。”

“我雇用的是护工，作为护工你操心的事有点过多了。”周文谦揉着眉心淡淡开口，“放心，补偿会让你满意，我也可以给你介绍下一份待遇优厚的工作。”

“我不只是为了待遇，”我认真回答，“更是为了夫人。能让病人的内心和身体一起康复，这是我的责任。希望您给我这个机会。”

我说过，我是个很敬业的人，只要工资到位，雇主的要求我都会满足。

即使雇主自己没有发现自己的真正需求，我也会完成他内心的期待。

5.

是夜。凌晨一点的周家安静得像一座陵墓，我和周文谦一同坐在地下室的监控前，看着宗苹苹房间前的过道。

宗苹苹的房间里没有装监控，在这方面周文谦很尊重自己的母亲，我们只能在这里守株待兔。

凌晨一点是我给宗苹苹的暗示。

作为同样“被拐的受害者”，我在那张涂着唇釉的面巾纸上写下了时间，告诉她在这个时段可以离开。她只是精神不正常，而不是智力出了问题，所有人都在沉睡的半夜才算是个安全的时段。

一点零七分，宗苹苹的身影出现在了房间门口。她甚至还穿着睡衣，赤脚踩在地板上。

高清监视器的屏幕是彩色的，但没有灯光的世界呈现出乏味的黑白色。

二楼走廊上只有从房门透出的月光，宗苹苹像一座新铸的雕像立在房门前，月光将雕像的影子无限拉长，和她身后的黑暗融为一体。

宗苹苹悄无声息地动了起来。

这房子几乎是空的，我和周文谦在地下室，王阿姨在保姆房待命，只有她如同苍白的游魂，在别墅里飘然游荡。

她谨慎地在掩藏身形的装饰物间移动，别墅里的大花瓶和装饰柜为她提供了良好的遮掩。

在发病的宗苹苹的世界里，周文谦是坏蛋反派，王阿姨可能是坏蛋的帮凶，而我是和她一样的受害者。

现在她的世界里没有坏蛋，没有帮凶，也没有受害者，只有她自己。她要依靠自己的力量离开那个始终都没有逃离的地方，这样她才能真正接纳现实。

周家的入户门是双开门，晚上睡前我便特意把门打开一条缝，没有关严。

宗苹苹很快走到了入户门前，在她发觉门没关的时候，她警惕地回头看了一圈，然后才推门而出。

我缓缓呼出一口浊气。接下来我们要跟上宗苹苹，看她究竟会前往什么地方。

静水公馆距离周家从前的房子并不算远，但光靠走也要花上一个多小时。

忽然一截手指扒上了入户门。

门缝里透出宗苹苹的脸，她四下张望着，似乎在寻找什么。

“她在做什么？”我喃喃自语起来，心头没来由地升起一股焦躁。难道她不想离开……难道我的判断方向是错的吗?

宗苹苹重新回到了客厅，这次她没有刚刚那么谨慎，而是快步走来走去，显然在寻找什么东西。

她在找什么?

我深吸一口气，打算叫王阿姨出场。

在我和周文谦的计划里，“逃离”不顺利时，王阿姨完全可以作为不同的角色推宗苹苹一把，无论是恐吓还是帮助，都好过她在这座房子里徘徊不定。

“她在找你。”周文谦忽然开口。

我错愕地看向他。周文谦仍然看着屏幕，目光专注，嘴角甚至挂着一抹充满孺慕之情的微笑。

“林小姐，你确实在护理方面很出色，对人的感觉也很准确，但她是我的母亲。”周文谦终于看向我，语气矜持中带着隐隐的骄傲，“我还是比你更了解她的。”

我做了一个深呼吸，让自己尽量冷静下来，就差临门一脚，我的情绪确实是有些焦躁了。

“你不是告诉她你也是被拐到这里来的吗？所以一旦她确定你没有骗她，这个时间真的能逃出去，即使已经离开，她也要冒着风险回来，和你一起逃走。”周文谦说着抬手指向地下室的门，“我妈是个很善良很心软的人，就是这一点让她把我当亲儿子养大的。”

“林小姐。”周文谦很认真地看着我，“拜托你和她一起逃走吧。”

我就这样戴着无线耳机走了出去。离开地下室的阶梯，迎面就是宗苹苹的身影。

无光的深夜里，她对我伸出手，我握了上去。

我们默契地什么都没有说，只是发狂般向外奔跑。我们跑过长长的走廊，跑过开阔的客厅，跑出牢固的大门，跑出洒满月光的庭院。

和宗苹苹一起跨出庭院大门时，周文谦在我的耳麦里低声叹息：“你到底为什么要做到这种程度？”

我稍微放慢了脚步。

“您知道的，为了我的个人护理原则。”在落后宗苹苹的那几步里我快速而低声地回答他，“当然，也为了我的事业，我的目标是成为一名能让雇主绝对满意的护工。”

宗苹苹似乎发现了我的落后，回头时满眼焦急。在她无声的催促里我轻轻笑了一下，快步跟了上去。

宗苹苹露出一个只能用短促来形容的笑。

她在奔跑的间隙里喘息：“我带你去我家，回去我们就安全了……小飞肯定在家，我们都会帮你。”

“小飞是谁？”我大概猜得到那是周文谦的曾用名或者小名，但还是明知故问。

“是我儿子。”宗苹苹说。

“那你的丈夫呢？”我问。

“他……不怎么在家，但我不会再一个人半夜出门给孩子买夜宵了。”

大概就是这件事让她被人贩子盯上的吧。或许周文谦知道他想吃的夜宵才是他母亲遭遇不幸的真正理由，又也许他不知道，但以宗苹苹的性格绝不会说出这件事。

“那我们就去你家。”

沿着静水公馆的人行道，我们跑出小区，马路上的景物被我们甩在身后。

宗苹苹平时在家不怎么活动，没想到这个时候却显现出了令人惊叹的毅力。

她果然真的很想从那里离开。

那么我们就一同离开，在今夜迎着月光一起逃亡。

6.

其实在周文谦原本打算解雇我的那个晚上，我和他的谈话中不光提到让宗苹苹逃离别墅。

我和他谈得更多、更深。逃离别墅回到原本的房子或许能让宗苹苹的精神状态暂时好转，但并不能解决根本问题。

我花了三个月才从宗苹苹的言行中得到线索，并在那天故意将不完全正确的猜测讲给周文谦听。

人不会回答自己不想回答的问题，但会反驳自己无法忍受的错误。

在周文谦的反驳中，我终于拼凑出全部的真相。

宗苹苹被拐卖的时间大约有两个月。周泉与她的夫妻感情并没有和前妻那么深厚，在完成家人应尽的义务后并没有大力寻找这位妻子，但有一件事出乎了周泉的预料。

原来不仅不能生育的宗苹苹把周文谦当作亲生儿子来疼爱，周文谦也的确把这位年轻的妈妈当作亲生母亲一样敬爱，甚至以退学相威胁，逼迫当时已经混得风生水起的父亲全力寻找自己这位继母。

也是机缘巧合，当地警局在那段时间几次接到举报信，称下辖县大沟村有买卖妇女的犯罪行为，尽管多次前往搜查无果，消息却传到了周泉那儿。抱着让儿子死心的想法，周泉带着一队保镖，领着儿子前往大沟村。

没想到宗苹苹确实在那里，当时她被关在村民家的地窖里，已经很多天没见过太阳，身上到处都是伤。

周泉深谙强龙不压地头蛇的道理，花钱把宗苹苹赎了回来。

被救出后的宗苹苹鼓起勇气想要追究拐卖者的责任，却被丈夫怒斥不懂事，还说以她残花败柳之身能够在家里安稳度过余生已经是幸事，别想出去丢人现眼。

丈夫的疏远嫌弃和儿子的左右为难让宗苹苹逐渐陷入了情绪的旋涡。

为了正在上高中的儿子，宗苹苹选择了忍耐，她像以往那般操持周家家事，自己却日渐沉入不见天日的水底。

清醒时她能一切如常，任谁都不会觉得这是个病人，发病时她则觉得自己仍然处于被拐卖的境地，身边的人不可能是她的家人。

想来也是，既不愿意支持受害者维权，也无法帮助受害者走出困境，反而疏远嫌弃受害者的人怎么能算真正的家人？

宗苹苹就在这样的煎熬和拉扯之间过了十七年。

周文谦也在纠结和迷茫中过了十七年。

我告诉他，其实支持宗苹苹维权并不会影响他们公司的声誉。

谈话前我做了不少功课，周家的公司主营母婴产品，如果宗苹苹起诉形成舆论，只要周文谦能作为公司掌舵人坚定地站在自己的母亲这边并且公关到位，最终结果只能对公司有百利而无一害。

周文谦却是这样说的："经营公司的这些公关手段我都很清楚。这件事或许对公司有利，但对我的母亲呢？事情过去了这么多年，有些人都已经死了，她维权成功的概率有多低，她被舆论攻击的概率有多大，她不清楚，难道我还不清楚吗？毕竟她想要的不是报复，想报复其实很简单……她想要的是一个公道。"

我在许多病人临终的床前见过他们矫饰内心的亲人，嘴上说着不舍，其实没一句实话，真实的想法无外乎这场精神和经济上的折磨终于结束了，然而周文谦真诚得让我惊讶。

我一直认为他是个在亲情和利益之间摇摆不定的普通人，但那一刻我承认，他比我设想中的更爱他的母亲。

"我知道您确实是想保护她，您对恶意的了解远远胜过二十出头就成为家庭妇女的夫人，不，现在我应该叫她宗女士。"这次面对雇主我一步也没有退，"但您或许太过忽视宗女士的想法了，就像为了孩子着想，不让孩子去做这个也不让孩子去做那个的父母，孩子什么都不做就永远都不会长大，宗女士什么都不能做也永远无法摆脱她受到的伤害。"

周文谦垂下眼睛，十指交叉在一起。

"所以如果你不支持她，她永远也不会好起来，周先生，您雇用我就是希望我做到心理医生都做不到的事，您希望我能够把她的心灵也护理健康，而我现在也只是在按您的要求做事。”

周文谦最后同意了我的提议，并且和我一起计划了如何帮助宗苹苹逃离静水公馆。

我们一同在监控室目送宗苹苹跌跌撞撞地跑出公馆的门，又看着她回来寻找“同样被拐”的我，最后一明一暗地护送她回到滨江路的居民楼。

宗苹苹回到居民楼后如我所料地清醒了不少，在我对她解释事情的缘由后很快接受了一切。

周文谦选择请我暂时出去，独自和自己的母亲开诚布公地交谈。他们具体说了什么我不清楚，但宗苹苹出门时眼里明显有了神采，眼睛比我护理她的三个月里精神最好的时候还要明亮。

第二天一早，宗苹苹就在周文谦的陪同下前往本市最有名的律师事务所，详谈如何讨回她想要的公道。

而我在周家客厅的茶几上放下了一封辞职信，离开了静水公馆。

7.

走出静水公馆的园区，我抬起头看向天空，忍不住轻轻眯起眼睛。

今天的阳光实在是太好了，好得即便太阳暂时藏入雪白的云团，天空仍然呈现澄静的碧蓝，远处有飞机掠过云间，划出一道笔直的白线，像十七年前我逃离大沟村的那天。

那年我十四岁，是个沉默寡言的乡下丫头，因为常年营养不良又瘦又小，看起来甚至不到十二岁。

从血缘上来说是我父母的两个人把这样的我卖给了临村大

沟村的村主任，因为哥哥要娶亲，而大沟村村主任愿意为他的傻儿子出一千块讨个媳妇。

我不想去，但我知道我没有拒绝的权利，我是个从小就被说有主意的女孩，所以那两个被我叫作爹娘的人从初中开始就不让我继续上学，早就打好了这样的算盘。

因为太过瘦小，村主任只是让我先照顾他儿子的生活，我高兴还来不及，更是伪装得乖巧听话，每天打理家务任劳任怨，处处都是以男人为天的样子。

村主任高兴时会夸我听话，本地长大的女孩就是不同，不像村里老光棍丁大勇新买的那个女人，挨了打也一副倔样。

这正是我的目的，我越乖巧，他们越放心，我逃走的概率才越大。

十里八乡的村子从没有出过我这样心野的姑娘，即便是外面来的女人最后都会认命，但我就是不想认命。

到大沟村的第四个月，村里办了一场喜事，流水席吃到最后，人人都是醉的。村主任大笑着拍我的肩膀，说来年也要给他的儿子和我热热闹闹办一场。

我一边羞怯地笑，一边扶着他往回走。

这天就是我的机会。

确定放倒了老子又哄好了傻子，在夜色的掩护下我向外拼命地跑。

按理来说这个晚上都不会有人发现我，但很快我身后就传来“女人丢了”的惊呼，为了躲避越来越多苏醒的人，我只能躲进村口刚死不久的女疯子的破屋。

这也是我为自己准备的后路，因为是我为女疯子收的尸，所以我知道破屋里有个地窖，地窖里半朽的木架子下有一个只有我才能藏进去的小箱子，在逃离不顺利的时候那就是我的一点希望。

但钻进地窖时我就明白，希望破灭了。

漆黑的地窖里有一个女人，从尚未关闭的地窖盖板处投下的几缕光线里能看到她有一张点缀着泪痣的美丽面孔，因暴力所致的伤痕也没有破坏她的美。

我绝望地看着她。

原来我们选择了同一天逃走，难怪他们那么快就发现了不对。

我不知道她的名字，村子里的女人都没有名字，都是谁的女儿、谁的媳妇、谁的娘，但我知道她是谁，她是那个被拐来卖给老光棍丁大勇的城里女人。

因为右眼角的克夫痣，她的价格比一般的城里女人更便宜，那身细腻雪白的皮肤确实和我们这些泥土里长大的人都不一样。我难以想象这个女人到底挨了多少打，更难以想象一个遭受了残酷对待的女人在这种紧张的情况下目光仍然清澈见底，毫无恶意。

我听到村主任和老丁头的怒骂声。明明他们距离我们的藏身之处还有一段距离，我的身体却筛糠般颤抖起来，连上下牙齿都碰在一起发出咯吱咯吱的声响。

逃不掉了，我们逃不掉了……这间破屋就是条死路，我们无处可去了！

女人看着我，发现我也在看着她，她垂下眼睛，右眼角下的痣让她看起来更加哀愁了。

“我的儿子要比你大一些。”她轻声说。

原来她是个结过婚的女人，难怪丁大勇总是打她。但这也不奇怪，结过婚的女人在大沟村也是稀罕货……只是她看起来太年轻了，不像有一个和我年纪相仿的儿子。

“但其实我想要个女儿，可惜我不会有孩子了……你要藏好。”女人笑了一下，握了握我抖个不停的手，然后款款站起身来。

我困惑地看着她，看着她轻手轻脚地爬出了地窖，然后门吱呀一声响了，我探头时月光正巧在那瞬间洒了进来，她的身形在月光的映照下发光发亮。

然而下一刻门就关上了，破屋里重新被黑暗笼罩。奇怪的是这次的黑暗让我觉得宁静而安全，不再代表未知和恐慌，甚至连我的颤抖都停止了。

她要去干什么？

当时的我想不明白，也不肯让自己想明白。很快我就听到了屋门外的骂声、质问声和对人类施加暴力的声音，这都是我早已习惯的声音，可我突然不敢听了。

我蜷缩在箱子里抱紧自己，双手捂紧耳朵，直到很久很久之后世界彻底安静下来，我才踉踉跄跄地爬了出去。

离开破屋的时候我才发现天已经亮了。我不敢再停留，一路沿着无人的小路向外奔逃，渴了就去舔草叶上的露珠，饿了就挖认识的野菜，累了就爬上树简单打个盹。

就这样我从白天奔到黑夜，再从黑夜逃到白天，直到看到县城的界碑才发现自己已经疲惫得马上就要死去。

我逃出来了。

这个时候我才发现天已经再次大亮，天空蓝得吓人，太阳高悬在正中，向四面八方射去锋利的光芒。

我平生从来未见过那么蓝的天和那么明亮的太阳。

后来在那个户籍尚未联网的时代，我以被拐后逃离的孤儿身份进了福利院，拥有了上学的机会。

安顿下来后，我数次写信举报过大沟村有人买卖妇女的事，但我也深知在我长大的地方，那些人在这方面到底有多狡诈。俗话说穷山恶水出刁民，在那种地方村民之间永远互相袒护，一旦有警察前往，他们多半会找出各种借口，甚至把那个女人藏去其他地方。

在信息技术不发达的年代找一个不知道姓名和身世的女人实在太难了。

我对自己发誓，有能力的那天我就去接她。我一定会接她回去，把她送回属于她的家。她是我从未见过的那种人，是即便自私如我也希望她获得幸福的那种人。

所以即便成绩很好，我也没有读大学，而是选择了读护理学的大专。那样我会更快毕业、更早赚钱，这样才有资本寻找她。

而当我终于能在保全自己的前提下回到大沟村的时候，她已经不在那儿了。村民说她早就被家人接走了，那家的人有钱又懂事，愿意出钱还保证绝对不会报警，老丁家就是因为这个才盖上了新房。

那样也好。

我可以放心地继续赚钱，赚到能让我舒适生活也能让我找到她的钱，到时候我再对她当面致谢就好。

我一直那么想，直到我应聘了周家的工作，看到了周夫人忧郁的脸。

说实话，时间过得太久了，我其实已经有很长一段时间想不太起当年那个女人的模样，但我还记得她垂下眼睛时眼尾哀愁的小痣和柔软的目光，和周夫人一模一样。

原来她根本没有真正离开过大沟村，她一直被困在相似的地方。

于是我对她温柔地开口：“周夫人您好，我是您的新护工林念之，可以告诉我您的名字吗？”

其实我本不姓林，也不叫这个名字。林是为了感谢逃出大沟村时容我栖身的树，念之是纪念我不知道名字的你。

这次轮到我来救你了。

CHAPTER 004

4 号病房病人档案

姓名：[redacted]

性别：男

年龄：30 岁

病症名称：被迫害妄想症

病症表现：

一种慢性进行且以有系统、有组织的妄想为主的疾病。妄想症患者的妄想内容会涉及日常生活可发生的情境内容，例如被跟踪、下毒、爱慕、家人欺骗或陷害等。除了跟妄想相关的内容可能受影响，其余的行为、外观等都很正常，患者的人格、智能以及和环境间的关系并没有太大的障碍发生。

[redacted]

(D) TOP SECRET SPECIAL HANDLING

病房004

闭门

文/尚不趣

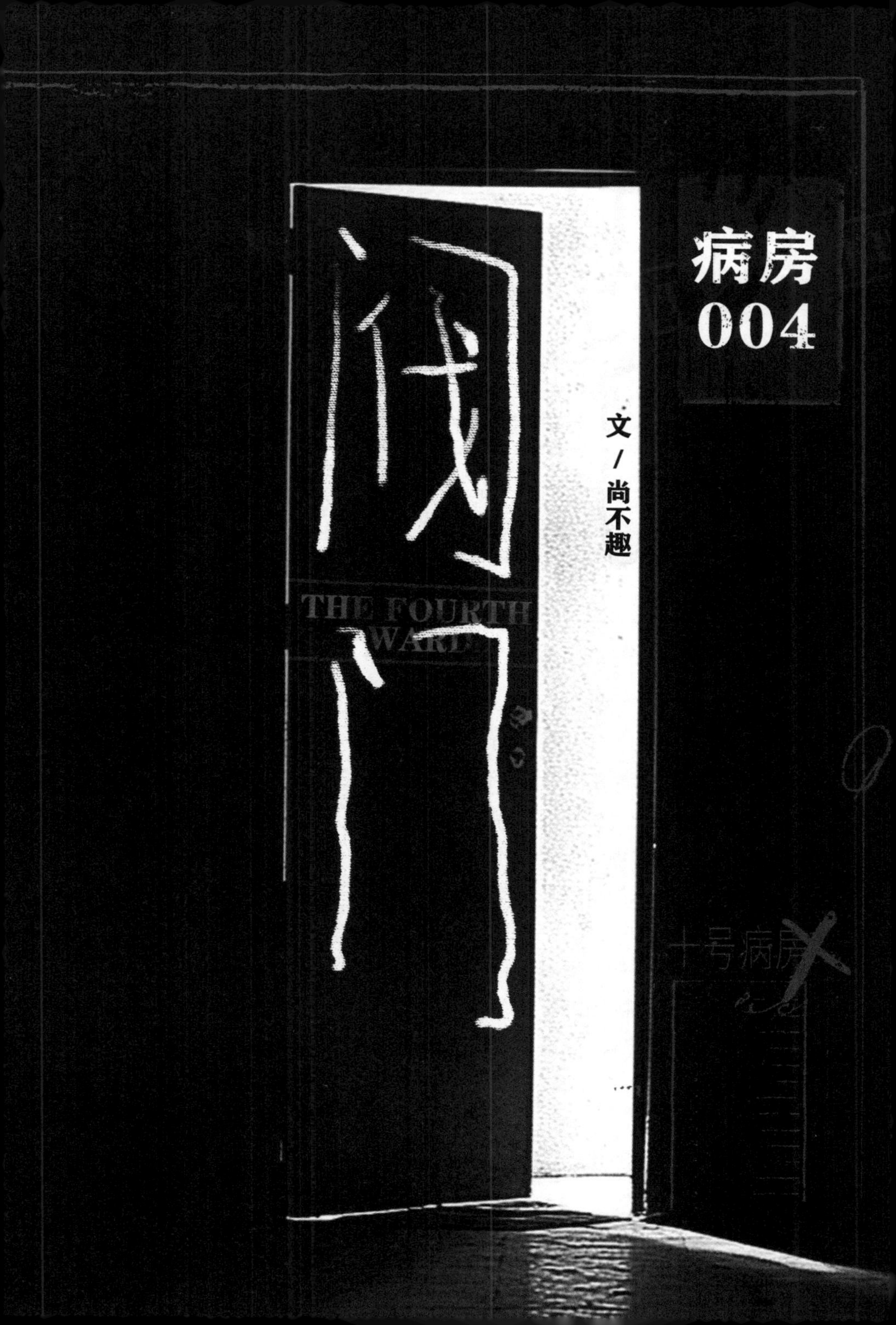

阀门

THE FOURTH WARD

文/尚不趣

1.

这段时间我总觉得有人要害我，但我没有证据。

我在化工厂工作，工作三班倒，枯燥无味，每天就是拿着一个仪器测量空气中化学制品的密度，观察是否有化学试剂泄漏，然后把所有阀门紧一遍。

整件事情还要从见到徐晓曼这个女人说起，那是上班一周之后，我因为夜巡时漏掉一个松动的阀门被安排重新学习规章制度。

其实阀门松动不一定会导致化学试剂泄漏，我想辩解，但带我的师傅很生气。他当着所有人的面把我臭骂了一顿，然后给了我停薪三天的处罚，并且强制我重新学习规范化操作的流程。

学习对我来说相当于休假，只要三天后考核能过就行，可停薪就太麻烦了，我现在最需要的就是钱。

上课之外的时间，我就在厂区闲逛。现在是午饭时间，大家都在食堂，厂区里没什么人，我路过一个转角，撞见一个打电话的女人。她看起来比我大几岁，留着工厂里少见的长发，穿着一身黑色套装，显得利落干练。

看见我过来，她正好挂断电话，只能听到最后几句是关于“国际化浪潮下化工产品的新布局”。我俩四目相对，我有些尴尬，脱口而出：“咱们是不是在哪儿见过？”

她“扑哧”笑出了声，说我这种搭讪未免太俗套，我有些尴尬，留也不是，走也不是。

她见我窘迫，便问：“没见过你，新来的？”

我点点头，厂区进出管理很严格，加上她刚刚的通话和打扮，我猜测她应该是化工厂某个我未曾谋面的领导。

“来多久了？工作感觉怎么样？”她自然而然地提问，不经意间散发出上位者的气场，我稍稍有些紧张，对她的问题一一作答。

闲聊几句，我终于知道了她的来历。她叫徐晓曼，比我大十几岁，是化工厂第一批大学生工人。因为技术拔尖加上学历过硬，她很快就升入了管理层，负责化工产品的对外推广。

“市场工作不比厂里技术工作轻松，我现在一心在工作上，一堆烂事，压力大了就回这边看看，清静清静。”她边说边往厂区另一边走，我很自然地跟了上去。

这里是食堂到厂区的必经之路，我也不想继续留在这里，以免碰到刚吃完饭的同事。

她问了我的基本情况，我尽量简明扼要地自我介绍。她听说我是新来的，因为夜巡出问题被安排学习，不易察觉地笑了一下。

“不要觉得压力大，你现在觉得压力大，回头升职离开这儿了，又该觉得这里清静了。”

按她的履历，她是有资格说这话的，我却只能叹气。

我们又聊了几句，她告诉我安全员的工作应该注意什么，我很是受用，这些细节的东西师傅没怎么跟我说过。我来之前就听说过，这种地方想学到真东西得给师傅送礼，可我哪有钱送礼。

这时徐晓曼抬腕看了看表，说：“午休要结束了，不过还有件事需要你去帮忙办一下。这件事只有你这个新人才能做，今天我能遇到你实在是非常幸运。”

我满脑袋问号，问她：“什么事？”

“这件事是我单独给你的任务，你不能告诉别人。”

我点头。

“之前工厂里死了一个安全员，当时定性是事故，但我觉得是谋杀，这些老工人铁板一块，谁都问不出什么，你是新人，没人知道你和上面的关系，我想让你探探这些工人的口风。”

2.

我叫郑皓，二十七岁，来化工厂上班也是无奈之举。

二十岁前，我的生活还算宽裕，倒不是我自己有多厉害，主要是我爸，他做生意赶上风口赚了不少。我对钱没有概念，只知道胡混，后来我爸投资出现问题，把家底赔光，只给我留下一套贷款还没还清的房子。

这个房子的情况很尴尬，是市里有名的暴发户小区，买的人全是一夜暴富的大款，主打一个不求最好但求最贵。无论是配套设施还是周边商铺，走的全是低质高价的路线，我爸生意好时房贷不是问题，破产之后我连交物业费都心疼。

我也想过把房子卖了，可一直没付诸实施，一方面是觉得这房子是我曾经富有过的唯一证据，另一方面是现在这房子有价无市。真正的有钱人觉得档次不够，年轻人又认为性价比太低。

没办法，我只能自己出来上班，养活自己的同时还能给房子还贷。

我换过好几份工作，一年前我去了其他城市，前阵子又跑了回来，因为还有些事情要解决。这段时间我不想闲着，闲着就是坐吃山空，于是来到了化工厂上班。

徐晓曼跟我聊完后，我思考了很久，到底要不要接下这个“任务”，最后也没得出答案。

不过工作本就无聊，徐晓曼又是公司领导，也没必要明确拒绝，退路总是越多越好。

不过如果想打听这次事故，我要找谁呢？

我脑海中第一个浮现的是老张，要是没有他，可能我第一次夜巡就会出现漏检的问题了。

化工厂很大，根据功能不同一共分了四个区，我负责二、三区的巡视，那时我第一次夜巡，还不熟悉自己所属的区域。

当时是晚上八点，产线已经停了，大部分灯也灭了。我打着手电筒巡视，除了手电筒晃过的地方通亮，其他地方一片漆黑，我自认为胆子不小，但在黑暗中也有一点心慌。

我一共检查了两遍，保证阀门没有松动，这时黑暗中突然发出哐啷哐啷几声轻响，像是什么东西磕在了设备上。我晃着手电筒去看，什么都没有。

某些塑料零件会因为温度变化热胀冷缩，这个过程中它们就会发出声音。我在心里这么安慰着自己，转身准备下班回宿舍，这时一张人脸突然出现在我的面前，我一声咒骂出口，手里的手电筒差点甩出去。

“你小子想干什么？”他先吼了我一句，我才认出来是老张，他不等我回话，拉着我往二、三区交界处走。

那地方是监控的盲区，有两个五米多高的化学溶剂池，溶剂池上面还有一层操作台，操作台之间由铁桥连接，铁桥两侧都有半人高的护栏，所以不算危险。这个区域一路走过来有四个阀门，老张带我过去，然后转了转其中一个阀门。

松动了。

我一下冷汗直冒，明明刚刚我检查过了，不知道为什么没发现。如果不是老张带我过来，等于我第一天就捅了个娄子。

他拧紧阀门，然后拍了拍我肩膀嘱咐道：“下次多走几遍，厂子晚上黑，容易漏。”

我只能点点头。

然后下一周我又遇到了一模一样的情况，第二天再次被师傅发现，才落到现在停薪学习的田地。

事后我跟老张说，我记得自己真的拧紧了阀门，老张也只是叹叹气。他把我拉到没人的地方，让我别钻牛角尖了，还说以后如果是夜班，第二天早上早点儿来，再检查一遍。我问他为什么，他神神秘秘地欲言又止，最后被我问急了才挤出一句：“那地方有鬼。”

3.

说完那句不明所以的“有鬼”，老张就溜了。我问其他人，老张的话是什么意思，其他人都顾左右而言他。

“老张是个酒鬼，胡扯。”

“新来的问什么问，哪有鬼！”

“活干得不好就别找借口了。”

我问了一圈，什么消息都得不到，最后还是师傅终结了对话：“该问的问，不该问的别问，三天学习，考试不过就给我滚蛋！”

现在想想，这是不是和徐晓曼说的是一件事？

化工厂的同事大部分是男的，平时有闲便会聚在厂门口吸烟，厂内是严格禁烟的，没人敢在一堆化学药剂前点火。我不抽烟，所以一直也没往这帮人身边凑，但为了和老张套近乎，我只能硬着头皮过去。

“嘿，挨骂的愣头青，来抽一根吗？”一个老工人不怀好意地调侃。

我没理他，我对这种人没什么办法，径直朝老张走过去。老张看见我来，像要躲我一样，赶忙掐了烟，往厂里走。我本来也没打算在众目睽睽之下和他谈这事，就跟着他往厂里走。

走进厂区，拐了个弯，终于到了个没人的角落，我拉住老张，问他到底是怎么回事。

老张经不住我软磨硬泡，终于开了口。

大概一年前，有个安全员叫宋菲，她从二、三区交界处的铁桥上坠落。五米不算高，但地面坚硬，运气不好，宋菲摔折了脖子，死了。

我不理解，这不就是工厂常见的安全事故吗？怎么大家都讳莫如深的。

老张摇摇头：“你看铁桥上那护栏，可不是后加的，一年前也这么高。”

我意识到了问题所在：“你的意思是……”

“对，都怀疑是被人推下去的，但那边没监控。”

对上了，和徐晓曼交给我的任务对上了。

我又问：“那就没有怀疑对象吗？比如这个安全员和谁有过节之类的？”

老张茫然地看了看我，然后像突然反应过来什么，说：“啊，对，你不知道……”

我的耐心都被磨没了，追问他到底怎么回事。

他说：“咱们厂里有一个精神有问题的，进厂的时候看上去挺正常的，后来知道是精神病人已经晚了，不能辞退了，厂子就一直养着，也不用干活，工资照发。这事儿出了之后，大家都怀疑是这人推的。”

“但是没有证据？”

“说了那边没监控，问这人也什么都问不出来，警察也问过，最后得出的结论是没有结论。如果是这人推的，也没有刑事责任能力，不能抓；如果不是这人推的，更不能抓。所以事情就这么撂下了，厂里给宋菲家人出了笔钱赔偿，那个人再也不允许进厂，整件事到这步就算完了。”

到这儿我算是捋清了这件事情，也算跟徐晓曼有了个交代。老张的话不像在说谎，不过为什么徐晓曼会认为是有人害了宋菲呢？莫非她那边还有什么线索？

想着想着，我突然意识到了一个问题，跟自己有关的问题。

“老张！”一想到这个问题的严重性，我不禁喊了起来，“你那天说那地方有鬼，难道是……”

老张点点头：“你以为我逗你呢，二、三区交界处的阀门总出问题，明明安全员已经巡视过了，但阀门总会松动。一个人遇到也就算了，几个人都遇到过，所以谁也不愿意做那边的巡查，厂子这才招你过来。这事儿没人跟你说就是怕把你吓跑，大家都认为是那个死人阴魂不散。”

4.

参加学习的最后一天，女朋友给我打来电话，问我什么时候回去。

对，我有一个女朋友，我没告诉她我已经回老家在化工厂上班，我只说回来办点事，处理下我爸生意的善后问题。

之前我说过，老爸生意还好的时候，我挥金如土。那时候我女朋友换得很快，我并不是一个风流成性的人，只不过想多多筛选结婚对象。

其中有个女孩我很喜欢，我给她买了一枚十五万的戒指，可戒指刚送出去，我爸的生意就出事了。

我跟那个女孩和平分手，当时并没有考虑过要把戒指拿回来，再后来我去了其他城市，认识了现在的女朋友。这个女孩人很好，不在乎我的家境如何，我们已经到了谈婚论嫁的阶段。在准备向她求婚时，我想起了那枚十五万的戒指。

我这次回老家，就是想把戒指拿回来，毕竟十五万对我来说不是个小数目。

可我一直没找到她，开始上班之后，也没时间找她了。

挂了女朋友的电话，我又在厂区瞎转，这时候我才发现自己脑子不太灵光，上次和徐晓曼见面，忘了留个联系方式。还好我很幸运，没走几步，我就又遇到了她。

徐晓曼还是那身打扮，干练利落，不等我说话，她先开了口："我等你好久了。"

我说事情已经查完了。徐晓曼有点儿惊讶，显然她没想到我这么快就找到了真相，我将从老张那儿听到的转述给她，她叹了口气："如果只是这种程度的消息，我还需要你吗？"

我不明所以，难道还有什么隐藏的信息被我漏掉了？

她继续说："公开的信息我当然知道，公司高层认为这是工人们集体编造的谎言，将杀人一事推到那个精神病人身上，精神病人无法给自己辩解，万无一失。"

“你的意思是？”

“工厂这几年都有大量化学材料报损，早已超出了合理范围，公司认为是有人在倒卖原材料。这时宋菲出事，工人一致将矛头指向那个精神病人，高层推测是工人集体倒卖材料被安全员发现，杀人灭口。”

我倒吸一口凉气，问他们有没有证据。

徐晓曼摇头：“不过老张主动跟你搭话，大概率也是策略，他们不想让你再多打听这件事，所以推出来一个看起来老实的人，让你相信编造的故事，你还得继续查。”

我脑袋转得飞快，觉得这不是个办法，没必要把自己置于危险之中。徐晓曼许是看出我的顾虑，说：“如果有可靠线索，公司会奖励你现金。”

这真是撞上了我的要害，我刚想问她能拿多少钱，就听见身后有人叫我，一看正是老张。

“小郑，你跟谁说话呢？”他问。

我一时不知怎么回答，支支吾吾间回头看了一眼，徐晓曼已经没了踪影。

“没谁，就是学习完了瞎转。”

我想打个圆场过去，却见老张的眼珠子乱转，像是在寻找什么蛛丝马迹。

“真没跟谁见面？”老张又问。

我把头摇得像拨浪鼓，强调就自己一个人。

老张轻轻咳嗽一声，说：“厂子里没外人，有事儿你得告诉我，遇见了谁，说过什么话，都要告诉我，要不可能会有危险。”

糟了，这甚至不是暗示，是威胁了。

看着老张直勾勾盯着我的眼神，我心中闪过一丝不祥的预感。

5.

化工厂食堂每周五固定吃包子，我那些同事比我先到，一个个都在吹牛说自己能吃下去几个。我一迈进食堂大门，所有人都停下喧哗，齐刷刷地看向我，他们的视线只在我身上停留了一瞬间，然后又转过去讨论包子的大小。

这不正常，莫非是老张跟他们讲了刚刚的事情，这些人对我有了疑心？

他们在监视我，在监视我的一举一动。

我从来不会危言耸听，父亲最后一次投资的时候我就告诉过他一定会赔，可他完全不听，所以后来他跳楼我也没什么触动。

为什么我能注意到那次投资的风险？因为我早就发现家门外有人监视，他们监视着我和我爸爸的一举一动，甚至知道我爸和我妈离婚的事。我知道，我家成了他们围猎的目标。

现在也一样，有人准备对我下毒手。

其他饭菜还好，但包子各吃各的，毒药可以精准发放到我手中，我不能吃包子。

那天我什么也没吃，转身出了食堂，我走出食堂的那一刻，明显能感觉到食堂内又安静了下来。

我不在，他们就不再继续表演。我一定是被发现了。

那天是我学习之后的第一次夜巡，师傅特意来嘱咐我一定要细心，他说既然来了化工厂，其他的就不要多想，犯错不重要，重要的是改正错误。最后他又强调了一遍，厂子里安全第一。

安全，安全，还是安全。

师傅这次收了脾气，话说出来是情真意切，可我只注意到他身后的那些同事一直在窃窃私语。

既然躲不开，那我就只能主动出击，我问师傅：“二、三区交界处是不是有个安全员摔死了，这究竟是怎么回事？”

师傅没说话，像老张一样直勾勾地盯着我。

如果他不知情，显然会对我的提问做出反应，比如惊讶，可他的表情没有那种变化。

我的推测没错，整个厂的人都已经知道了我曾和某个追查这件事的高层接触。

我也看着师傅，这时掩饰已经不再有作用了。

半晌过后，师傅叹了口气：“我不知道谁告诉你的，但确实有这么个事，那个推人下去的精神病患者已经不在厂里了，你不用担心。”

师傅答完，旁边又有同事搭话：“那人死得冤啊，小郑你得小心点儿，小心她找你当替死鬼，我听说这种东西能上活人的身，你千万注意啊。”

旁边的其他人都发出不怀好意的笑声。

师傅转身喝止：“新来的本来就胆小，不许开这些恶劣的玩笑。”

我不理他们，谢过师傅，心想哪怕真有冤鬼找的也不是我，是你们。

夜巡时间到了，二、三区还是必经之路，我一一拧紧阀门，这个区域一共七个阀门，要走过发生事故的那个化学溶剂池上面的铁桥。我一路数着拧过去，虽然不信鬼神，但我从桥上往下看，还是有些腿肚子转筋。

就在我扶着栏杆平静心神时，突然一个人影从桥下一晃而过，太黑了我看不清样貌，可我知道他蹿进的那片区域是禁入区，有化学试剂暴露风险，是哪个不要命的？

我用手电筒一边晃，一边喊，心中暗暗担心这是哪个不要命的同事，毕竟如果真有冤鬼，这人可比我容易被害。

可半天过去，没有一点回应，手电筒也没再照出什么影子。

我连忙三步并作两步走下铁桥，这时还有两个阀门没有检查，但我却只想着那个黑影。也许只是长时间处于黑暗之中产生的错觉，我这么安慰自己。

这时我听到身后传来清晰的哐啷声，和第一晚听见的一样。

我下意识地回头看，又是一个黑影，从远处的化学溶剂池边闪过，我提着手电筒追过去，绕过一个拐角，面前还是空无一人。

他只有一个地方可去，就是化学溶剂池后的风险暴露区，我是不可能跟过去的。

这么一闹，我还哪有检查阀门的心思，只想赶快离开这个鬼地方。我一路跑回员工宿舍，倒班的同事见我回来并没有像往常一样调笑或是指责。

一个同事指着我的额头问："怎么这么多汗？"

我这时才发现自己已经大汗淋漓，直喘粗气，可比起平复心境，那时我更想做的是另一件事。我冲这些同事大喊："谁刚去二、三区交界处了？哪个想吓唬我？我告诉你，你还不够格！"

同事们被我搞得面面相觑，全都一脸无辜的样子，我又骂了几句见没人应声，便去调取了监控，虽然二、三区是死角，但我可以查看员工宿舍门口的监控，只要查出刚刚有谁出去，一切就真相大白了。

调好时间，播放监控视频。我傻了，就在我巡视的这段时间里，没人离开宿舍。

6.

那天我在宿舍大闹了一通，其他人都没阻止我，也没和我争吵，不过之后我明显感觉到所有人都在躲着我。

师傅也一样，他把我调离了巡视安全员的岗位，用他的话说，这个岗位肩负着整个厂的安危，不能交给我这样情绪化的人。而我认为自己的行为全在合理范围之内。

因为不懂如何操作设备，也不懂化学药剂成分配比，我成了之前没人做的夜班清洁工。夜班清洁工晚上就要在宿舍休息，其他人或是倒班或是回家，宿舍很长时间里只有我一个人。

睡觉时我不止一次地听到房内的响动，也不止一次地感觉到有张脸出现在我的面前，可等我起身开灯后，房间内除了我自己空无一人。

久而久之，我的神经衰弱愈加严重，老张也不止一次说过我的黑眼圈越来越重，像是被什么东西上了身。

但没有办法，我甚至连和他们斗一斗的力气都没有了。

直到有一次我休班时在厂区瞎转，又遇到了徐晓曼。

徐晓曼还是那身打扮，利落干练，不等我说话，她先开了口："最近没看到你啊。"

我摇摇头，说："换岗了，上下班时间也不一样了，白天一般不在厂区。"

她见我十分颓丧，也没多说什么，只问我最近发生了什么。

我把我夜巡时遇到的事情都告诉了她，她抿着嘴，点点头，不发表意见也不说办法，反而拿出了电话，不知道拨给了谁。

我在旁边静静听着，电话接通之后，徐晓曼说的第一句话是："董事长，新员工撑不住了，咱们把他调走吧，我怕再出事。"

听到这儿我先是一惊，又有些安心，因为我终于可以离开这个人人都想害我的地方了。

后来徐晓曼和电话那边的人又说了几句，大概就是“知道了”“我想办法处理”“放心”，等等。

等徐晓曼打完电话，我立刻问她是不是可以把我调走，她点点头，说一定会保证我的安全，只不过明天还有件事要办。

“你要装作一切如常，明天还是这个时间去案发现场，咱们找到最后一样证据，你的任务就算完成了，到时候我会把你调到总部去，这边的事情我会一并处理。”

那一夜，做完清扫工作的我回到宿舍，一夜无眠。

第二天，我准时来到了和徐晓曼约好的地点，时间是中午，其他人要么在宿舍午休，要么在食堂吃饭。徐晓曼带着我一路朝二、三区的交界处走，路线比我还要熟悉。

我们上了那座铁桥，徐晓曼示意我先停下，然后自己走到另一边给董事长打起了电话。这是我第一次白天过来，从桥上能清晰地看见下面化学溶剂池的样子，想起之前那个坠落的安全员，我心头不禁泛起一阵恶寒。

就在我的视线被化学溶剂吸引时，身后突然响起了一个洪亮的声音：“小郑！你在那儿干吗呢？”

是老张。我回头看着老张，老张一边朝桥上跑一边指着我身后：“小郑！你躲开点儿！”

我下意识地顺着他指的方向回头，和徐晓曼撞了个满怀，我根本没注意到什么时候她离我这么近。

徐晓曼也被我吓了一跳，手里的电话掉在地上，我还没来得及去捡，老张又喊我：“下来！快下来！”

我疑惑地看看老张，又回头看看徐晓曼，只见徐晓曼已经转身朝反方向走去。她的步子不紧不慢，像什么都没发生一样。

老张这时已经赶了过来，他如临大敌一般地站在我的身前，大声呵斥道：“你怎么跟她混一起！她是咱厂老员工，就是那个精神病患者，现在厂里都不让她进厂了！”

我脑瓜子嗡一下，问：“精神病？她不是徐姐吗，公司高管？”

老张像看傻子一样看着我：“什么高管，她以前就是个工人，之前那个从这儿掉下去的安全员，宋菲，就是她推的！这里没有监控，没有证据，她又是精神病患者，警察抓进去关一阵就放出来了，放出来只能厂子养着……这大门谁守的，怎么让她溜进来的？”

我还是不敢相信，问：“可她刚才还跟董事长打电话呢……”

老张一句话没说，一脚踩在徐晓曼落下的电话上，那电话一断两半——是一台模型机。

老张又吼我：“她手都搭在你后背上了！我晚来一步，她就把你也推下去了！”

我脑子一片空白，看向越走越远的徐晓曼。

徐晓曼边走边回头，朝我诡异地笑：“嘿嘿……嘿嘿。”

那之后师傅给我放了两天假，我睁眼闭眼脑子里都是那个巨大的化学溶剂池，完全无法思考其他的东西。

等我缓过神来，回到厂子的时候，已经过了两天。这次那些同事见我回来，都没胡乱开腔，只有那个用闹鬼吓我的家伙过来拍了拍我的肩膀，说：“死里逃生。”

我后来从老张嘴里听说了事情的原委，徐晓曼就是那个精神病患者，但因为间歇性发作躲过了工厂招聘时的筛查。后来徐晓曼谈了一个男朋友，却在准备结婚时发现男朋友有一个情人，而且准备抛弃自己和情人结婚，这个冲击让徐晓曼精神病发作。工厂害怕安全问题，只能让徐晓曼带薪休长假。

再后来徐晓曼慢慢没了发疯的迹象，也能走出那栋房子。化工厂的工人很多没什么文化，他们见到笑嘻嘻的徐晓曼和以前一样，意识不到精神疾病的危险性，就没限制她进厂区。

就是那天，安全员被她推下了铁桥。

至于徐晓曼的男朋友是谁，根本没人知道，也联系不上。警方直接抓捕了徐晓曼，并进行了精神鉴定，确认她在推人时处于发病状态，无刑事责任能力。

监护人不愿意把她送到精神病院，厂子也不能这么辞退她，就只能继续发放工资养着，但绝对不让她进厂区。

接下来的事情我亲身经历，大体上算是了解，可还是有些疑问。老张和师傅对视一眼，师傅抬抬手，让老张带我进了监控室。

我在家休息的这两天，他们已经整理好了监控录像，所以我直接看到了关键部分。

厂子虽然安保严格，但占地面积很大，徐晓曼又是老员工，能找到厂区外墙的薄弱之处，或许是短一截的矮墙，又或许是某处锈蚀的栅栏。我在监控上看到那个一身套装的徐晓曼几乎每一天都能从各处偷溜进工厂。

她手脚并用爬上矮墙或是身体扭曲钻进栅栏的样子，让我觉得那是某种不可名状的非人之物。而更让我感到脊背发凉的是，虽然二、三区交界处是监控死角，但在那里每次我遇到不明人影之前，外墙监控都清晰地拍到了溜进那片区域的徐晓曼。

老张深吸一口烟，问我："还有一段，看吗？"

听到这个问题，我有些诧异，为什么这么问？但马上我就意识到了他的言外之意。

"你看过了？"我吞了吞口水，问他。

他点点头。想着死我也要死个明白，我便也点点头。

监控视频的拍摄时间是我做夜班清洁工后，我结束工作回到宿舍，躺在床上进入梦乡，徐晓曼就会轻轻推开房门，走到我的床边，直直地站在我的床头。然后她以一种常人无法完成的姿态，呈直角状弯腰俯身，将脸贴在我的脸上，一贴就是数个小时。

我深吸一口气，紧盯着加速播放的监控视频。

在我住宿舍的那几天，夜夜如此。

7.

事情结束之后，厂子怕我受到影响，给我请了心理医生，我和心理医生聊了很久，以上就是我对心理医生的全部叙述。

最初我认为这只是一次常规性的精神疗愈，但最后医生认为我的状况也不太好，建议我留院治疗。

他认为我对他的讲述中包含了大量的谎言，还将我的危险性评为了“S”。我不认可他的话，甚至怀疑这又是某种针对我的阴谋，危险的只有徐晓曼。

你问我徐晓曼最后怎么处理了？

她就在楼下，从这个窗户可以看到院子，这个时间她总是在院子里闲逛，你顺着窗子向外看，就在那儿。

你说我这个故事缺了什么东西，例如那枚十五万的戒指找没找到，为什么一直没有再提？

这是你的偏见，你认为故事总是完整的，不会有悬而未决的线索。其实不是这样，我本来不打算讲的，因为故事已经有一个结局了。

不过既然你问，我就告诉你。

在买那枚十五万的戒指时，我同时交往了两个女朋友，我把戒指给了其中一个。但我爸出事后我就后悔了，因为她的家境实在不好，我爸死了之后我很缺钱，我需要一个能支撑我下半生生活的伴侣。

十五万的戒指会让人觉得我依然财力雄厚，也会让一个女生觉得我很爱她，用来求婚是一块再好不过的敲门砖。所以我把戒指偷了回来，送给了另一个家境殷实的女朋友，并且我们成功地订婚了。

哦，你又有新问题，为什么我刚刚没提到过订婚一事？

因为这个女朋友已经死了，那个被我抛弃的女朋友把她从化工厂的铁桥上推了下来。

对，她们俩一个叫宋菲，另一个叫徐晓曼。

其实我是先认识的徐晓曼，后来才认识的宋菲，可我没想到两人都在化工厂工作。

非常不幸，那枚戒指太闪耀了，戴着戒指的宋菲被徐晓曼看见了。

至于徐晓曼的病是在被我抛弃后发作的，还是在看见那枚戒指后发作的，已经不得而知，总之她的状态变得恍惚、疯狂，她找机会把宋菲推下了铁桥。

宋菲死后，我参加了她的葬礼，但没在尸体上看到戒指。我猜测是徐晓曼将她推下铁桥的时候顺手把戒指撸了下来，可那时我不敢去管这事，我怕疯癫的徐晓曼对我不利，于是离开了这里。

我去了另一个城市，认识了现在的女朋友，实话实说，她也是一个不错的选择，我打算向她求婚。

刚才我说过，结婚需要什么来着？

对，就是一块敲门砖。我需要显示我的财力，还要向另一半展现我的爱意。

我决定回老家去找徐晓曼。

我们在大街上偶遇，对，她偶遇了我，我找到了她，那枚戒指正戴在她的手上。

可让我惊讶的是，她竟然不认识我，我一开始还不敢判断她是不是在伪装，可几次接触后，我确定她真的失忆了。

她失忆的好处是，我安全了；坏处是，我没有理由从她手指上撸下那枚戒指。

她家我也去过，她的父母不认识我，但对我充满了警惕，我找不到任何一个机会取回本就属于自己的戒指。

在跟踪徐晓曼的时候，我发现了她不太正常的行踪。她会穿着职业装找一切机会溜进工厂，就像依然在正常工作一样。

我想只有和她重新接触，我才能找到机会，于是我也应聘进入了化工厂，如愿找到了以为自己还在工作的徐晓曼。

她依然疯着，甚至幻想自己是化工厂的高管，她无法接受是自己杀死了宋菲，甚至在疯癫的状态中一直寻找并不存在的杀害宋菲的凶手，我只能将计就计。

最后一次我俩一起爬上铁桥的时候，我本以为我的计划就要成功了。

我只要复刻徐晓曼的行动，将她推下去，然后从尸体上扒走戒指就行了。

没有人会怀疑我，因为没人知道我们的关系，也没人知道我们有过接触。

可老张这时候竟然不合时宜地出现了。他以为自己救了我，其实是破坏了我的计划。

看，这就是这个故事的全貌。

你不相信我说的话？

我确实撒谎了，但现在我说的都是真的，不然徐晓曼怎么会被关在这里，一个精神病患者手上又怎么会戴着如此闪亮的戒指?

是的，我到底是没把戒指拿回来，但是这不重要。

重要的是现在，你正从窗户向外看，而我，在你的背后。

5 号病房病人档案

姓名：[redacted]

性别：女

年龄：40 岁

病症名称：自我牺牲综合征

病症表现：

指个体在面对冲突或选择时，倾向于放弃自己的需求、愿望或利益，以满足他人的需求或期望。这种行为模式可能源于多种心理因素，包括但不限于低自尊、对他人的高度责任感，或者对社会规范的过度遵守。

[redacted]

(D) ~~TOP SECRET~~ SPECIAL HANDLING

病房 005

文 / 阿底该

长女

文 / 阿底该

THE FIFTH WARD

1.

2006 年 7 月 26 日晚上八点，刚结束了一天工作的熟食厂职工从工厂大门涌了出来。

廖英像往常一样，一面喃喃念叨着“真累啊”，一面与小丽一起往宿舍区走去。

等快走到三号楼时，两人同时停下脚步，她们发现了等在楼下的那个中年人。

男人名叫王刚，四十二岁，在镇南边开养猪场，长得膘肥体壮。

此时，王刚手里捧着一束玫瑰，正两眼扫视着陆续走进三号楼的女工——他又来这里堵廖英了。

廖英无力地叹了口气，领着小丽绕去后门进了楼。上楼前，她先去传达室拿了这期的《禾穗》。

廖英住的四人间目前只住了三个人，除了她和小丽，还有一个叫李花枝的阿姐。枝姐现在刚好不在，她上的是夜班，应该去食堂了吧。

廖英在书桌前翻开《禾穗》：“哦，这一期主题叫《自我牺牲综合征》。所举的典型案例就是多子女家庭中的长女。”

廖英比小丽大一岁，今年二十六岁，她们都是家里的长女。廖英下面有一个小她三岁的弟弟，小丽有一对还在上初中的弟弟和妹妹。

廖英的父母在她中考后以“出去赚钱供弟弟上学”为由要她放弃学业。廖英死活不同意，她喜欢读书，成绩不错，家里也并非穷得没法同时供他们姐弟上学。然而，在僵持了一个暑假后，她最终还是败下阵来，她的学历停留在初中。

廖英无法做到心甘情愿地奉献自己的人生，所以她至今仍对父母的绝情耿耿于怀。如果弟弟廖天能用姐姐的血泪钱好好学习的话，或许她还能感到一丝慰藉。然而，弟弟压根不喜欢读书，他初中没念完就退了学，至今七年了还没有找过一份工作，整天就是花着家里的钱到处晃荡，成了镇子上的混混。

但廖英觉得，这一切的原因出在她父母的身上。

廖天从小就是在溺爱的环境中长大的，父母对他从来都是言听计从。

试问一个人从小要什么都立马有人为他双手奉上，长此以往，养成坐享其成的陋习不是顺理成章吗？

一想到被纵容害了的弟弟，廖英不禁忧心起小丽的弟妹来。

“小丽，你会不会无条件为自己的弟弟妹妹付出啊？”

“我不会啊。”正在换被套的小丽立马否认。

“那就好。”廖英欣慰地点头，“你要记住啊，虽然对弟妹付出是姐姐的本分，但是不能没有底线地付出，那是害了自己，也害了他们。”

“我知道。”

“还有，一味付出就会被他们认为大姐做这些都是理所当然的。”

“不会啦，他们知道我辛苦，还会给我捏肩捶腿。”

一听这话，廖英愁得直叹气，她想起了廖天。

弟弟以前是个多可爱的孩子呀，知道姐姐干活累了还会给她捶背。

现在也捶，不过是捏着她的后脖颈用拳头捶。

廖天上次打她是在一周前。

那天她刚走出宿舍楼，就见廖天双手插兜立在路边，眼睛直勾勾地盯着她。

她知道躲也来不及了，只能走上前。廖天面无表情地朝她伸出摊开的手掌，又是来要钱的。

她哪有钱啊，母亲一直控制着她的工资卡，美其名曰“帮你存着”，实则是供廖天挥霍。她每个月也就只能从家里讨回五百块用来生活，就这点钱，廖天还不停地跑来要。

“我没有了。”廖英无奈地摊开手。

廖天闻言，眼中瞬间放出凶光，接着突然伸手掐住了姐姐的后脖颈，握起的拳头随之砸在她的背上。

廖英感到后背好像要被敲碎了，疼得像虾子一样反弓起腰。

为什么要这样对我?

廖英忍不住在心里质问，但其实她很清楚理由，这全都是因为廖天从小就被父母捧得高高在上。父母都顺着他的意思，也就只有廖英会不时对他说教。然而，那些道理在他听来完全就是在跟他作对。他感觉自己在家里的权威受到了挑战，因此他把廖英视为仇敌。

等她从剧痛中缓过劲来，身上的钱已经被弟弟掏走了。

“喂，”廖天点着烟，“赶紧跟那养猪的把事办了。你识相点儿，我可没什么耐心。”

王刚缠上她，就是廖天的杰作。

一个月前，母亲突然把她叫回家。她一进屋，就见屋里正坐着一个没见过的男人，她立马明白了，这又是来相亲的。

父母这两年一直在往外推销她，被提起的婚事一桩接一桩，不用说，都被她昊断回绝了。

但这回，这个王刚似乎是廖天亲口授意的，所以父母花了比以往更多的精力来强迫她。

王刚开了一家养猪场，家里颇有资产。把姐姐“卖”给他，不光是彩礼，婚后还能持续从姐夫家压榨钱财，这相当于拿到了一张长期饭票。廖天的目的不言而喻。

廖英自然不肯，回绝后躲回了宿舍，然而王刚不知为何对她十分中意，自那以后就经常到宿舍楼下守她。

这时，刚从食堂回来的枝姐叫她：“英子，那人又在下面发神经。”

廖英从窗口往楼下看，跟上次一样，王刚因为等不到她而发起了脾气，正在猛踹翻倒在路边的垃圾桶。

其实廖英很早之前就清楚，自己在家人眼里的存在价值取决于她能为他们付出多少，至于她的人生，则完全不在他们的考虑范围之内。

自己一直被困在长女的身份中动弹不得。她还年轻，还有很多可能，如果这时不主动跳出去，到外面广阔的天地里找寻属于自己的价值，那她就没有未来可言。

事实上，她的逃离计划一直在进行中，现在只差资金。工资被控制了也无所谓，她依靠副业存钱。

她这两年一直在为杂志社供稿，稿费已经攒了一笔，可还远远不够，她的离开还需要时间。只是没想到，目前的形势已经容不得她继续拖延了。

王刚发作后的第三天晚上。

“英子，大事不好了！”二大姑大嚷着冲进宿舍来。

廖英合上小说，赶紧问道：“什么事？”

“那个养猪的刚刚带着老娘上你家下聘去了，价钱都谈好了，三十万彩礼，三天内凑出来！”

“什么？”廖英大惊失色，“我可没答应啊！”

“你那好弟弟说‘到时可由不得她’。”

二大姑接着说了廖天主谋的那个计划：收了彩礼后，父母会选个日子把廖英骗回家，然后把她锁进屋里，再放王刚进去来个生米煮成熟饭。就算事后她闹别扭，再给她做做心理工作就行了。

廖英听了脸色大变，即便最后警察还了她公道，自己的清白也被玷污了，那可不是开玩笑的！

怎么办啊？

这时候，一直在旁听着的枝姐开口了：“英子，不用再想了，快跑吧。”

2.

2009年8月1日凌晨，有抢匪持枪潜入位于盆田镇郊的储蓄所内，破坏了配电箱。

这是座带院子的三层小楼房，一楼为业务大厅，二楼为值班室。正在二楼值班的安保员李某闻声下楼查看，当他走到北墙下时，被躲在暗处的抢匪开枪打中头部。

抢匪随后进入楼内，在大厅里将另一名安保员枪杀后上了三楼，盗走了保险柜内的二十万现金。那是预备第二天要向下辖村发放的村民征地补偿款。

D市公安局迅速成立了专案组。

警方通过现场痕迹、遗留物证等分析后得出结论——抢匪为单独作案。

三天后，警方终于锁定了本案的第一嫌疑人——现年二十六岁的廖天。

在暗访中得知，廖天上面还有个姐姐。廖英在三年前因逃避逼婚而离开了盆田镇，至今下落不明。廖天在三年前因犯下诈骗罪而入狱，于上个月刑满释放，而他所诈骗的三十万赃款就是廖英的彩礼。

8月4日晚七点半，警方对廖天位于村内的祖屋展开突击抓捕，然而明显晚了一步，嫌疑人早一步潜逃了，屋内只有他一问三不知的父母。

随后，警方于现场搜到了一张仿制枪的拼装图纸，看来作案手枪是嫌疑人出狱后自己根据图纸秘密拼装的。

在随后的连夜讯问下，廖天的父母终于不情愿地开口了，原来他们早就知道儿子就是储蓄所案的真凶。

警方立马对廖天展开搜捕。

3.

2006年8月1日，廖英坐火车来到了M市。

此前她从未来过这里，下了火车后，再经过一路打听，她顺利找到了白椰咖啡馆。

小莎正在吧台里制作咖啡，一看到廖英推开店门进来，她笑着出来相迎。

“麻烦你们了。”廖英向小莎道完谢，也向吧台里朝她微笑着的老板说了谢谢。

廖英在杂志上刊登小说时，不时会收到杂志社转发来的读者来信，小莎就是廖英的读者之一。

通信几回后，两人成了笔友。

咖啡店老板是小莎的大伯，自然也愿意收留廖英。廖英住进了小莎的出租屋，就这样在M市落了脚。她一边学做咖啡，一边熟悉这座城市的街道。

来到M市一周后，她才提笔给小丽写信。

廖英对小丽感到抱歉，自己就这么一走了之，弟弟肯定会去宿舍找麻烦。小丽在送别她时说不用担心这些，只要她多注意身体。

寄信人署名是廖英的笔名，这是为了预防家里人看到信，从而知道她在M市。

寄出信后第十天，回信寄到了白椰咖啡馆。

信里说，廖天得知她离开后到宿舍大闹了一场，后来被保卫员赶了出去。

小丽在信里只给了廖天寥寥几笔，其他的都是在写她弟妹的近况。

真的没事吗？

廖英磨着咖啡豆心想，或许小丽是不想让她担心，因此隐瞒了一些事实。以廖英对弟弟的了解，他绝不是那种会善罢甘休的人。但她转念一想，或许弟弟只是窝里横，对外人还不敢太放肆。

是这样吧?

接下来的日子里，廖英对故乡的担忧被忙碌的新生活冲淡了。

仔细想来，这是她人生中第一次真正意义上成为一个自由的人。

所谓自由，就是自己的时间完全由自己支配。人最宝贵的就是个人价值，而提升个人价值，自然需要时间。

以前作为长女，她需要承担家务，代替父母照顾弟弟，她的时间被长女责任侵占了。而现在，她夺回了自由，也拥有了未来。

她踌躇满志，想看看在没有任何束缚的自由之下，自己究竟能绽放出怎样的光芒。

4.

2009年8月5日，专案组一边加紧搜捕廖天，一边调查其背景，三年前的彩礼诈骗案卷宗被警方摆上了案头。

廖英出走后次日，廖天直接闯进了女工宿舍，他打算从室友那里逼问出姐姐的去向。

当时宿舍里只有李花枝一个人在。

李花枝当年三十八岁，个子虽不高，但身体很结实，性格属于刚强的一类。她对廖天乱翻廖英私人物品的行为十分愤怒，与他发生了肢体冲突。保卫员接获通报后迅速到场，将正在厮打的两人拉开。廖天被随后赶来的民警带走，因寻衅滋事被拘留十五日。

拘留期间，廖天在明知姐姐去向不明的情况下，暗中指示其父母向彩礼案的受害方，也就是经营养猪场的王刚隐瞒此事，并尽快收下了三十万礼金。

释放后，廖天拿着彩礼开始了花天酒地的生活，至于姐姐出走的事早已被他抛诸脑后。

王刚不日便得知了廖英出逃的事，他来找廖天质问，并试图要回彩礼。

廖天一言不发地抽出随身携带的弹簧刀，无言地瞪视了王刚良久，随后又一言不发地离开。

王刚被廖天这番举动吓得不敢言语。此事过后一个月，还是王刚的母亲气不过才去报了警。

廖天被拘捕了。

案件审理期间，他的父母分八次陆续归还了二十五万元，剩下还有五万未追回。王刚出于害怕报复的心理，向法院出具了谅解书，廖天最终被判刑三年。

监狱那边的调查报告传回来了。

据狱友回忆，廖天在服刑期间经常提起四个名字——廖英、李花枝、王刚、张小丽。他的意思很明确，出狱后要对这四人进行报复。

他念得最多的名字就是廖英。在他看来，姐姐不过是他的一件私有财产，原本应该对他言听计从，居然反抗并逃跑了，这是绝不能容忍的。

李花枝和王刚都曾跟他产生过矛盾，至于张小丽，或许他认定此人曾协助姐姐逃跑，因此也被他迁怒了。

从他提起的次数来看，应该不会是随口说说。如果把这些话跟他一出狱就造枪的事联系起来，很难不让人认为他接下来会把枪头转向这些人。

警方不敢怠慢，立马前去确认这四人的下落。

5.

2007 年 8 月，廖英与小丽已通信了一年的时间，小丽在信中提到她交了男朋友。

男方是个诚实可靠的人，小丽计划和他一起攒钱，他们以后想去大城市开一家牛肉面店。

2008 年 6 月，小丽终于也离开了小镇，当她的老板娘去了。她们交换了手机号，改用电话联系。

这两年来，廖英在杂志上陆续发表了十几篇小说，在白椰咖啡店的工作也上手了。她在 M 市拥有了属于自己的新生活，当习惯了新的节奏后，她不愿一直在原地踏步，她还想发掘自身的其他可能。

不久，廖英抓住了机会。

那天晚上，她和小莎正在咖啡店上班，玻璃门随着清脆的铃铛声被推开了。进门的是一名年轻男子，他手里拎着个卷筒，似乎不是来光顾的。

“你好，请问老板在吗？”他微笑着询问廖英。

“老板有事刚好不在，请问有什么事吗？”

“是这样的，”男子打开卷筒，从中抽出一张海报递给廖英，“我想拜托店长，看能不能在店里张贴这张海报。”

廖英接过海报，展开来发现抬头印着“红头蛾剧团”，是张宣传海报。

“哦，是话剧团。”凑近来看的小莎说道。

“是。”男子不知为何难为情地笑了。

“但是老板不在，我们也不好自作主张。”廖英抱歉地说道。

男子十分理解地点点头。

“这样吧，海报就先留在这里，等老板来了我们告诉他。”

“太谢谢了，那我明天再来。”男子松了口气，一再道谢后才离开。

廖英看着海报上的信息，这是个新兴剧团，刚成立两个月。

话剧吗？她心想，自己的小说有没有搬上舞台的可能呢？

他说明天再来。

6.

廖天扬言要报复的四人中，廖英及张小丽都不在本地，王刚仍旧在镇郊经营养猪场，李花枝则一直住在女工宿舍中。

2009 年 8 月 5 日，专案组立即前去确认两人的情况。然而，即便警方反应迅速，这回还是迟了一步。王刚和李花枝已于 8 月 4 日双双失去行踪。

据查，王刚在 8 月 4 日晚 8 点 11 分从养猪场独自外出，此后再无消息。

李花枝则是于 8 月 4 日晚 9 点 32 分离开宿舍，当时她穿着便服及拖鞋，手机留在床头充电，电风扇也没关，看样子仅仅是一次寻常外出。但她同样失联至今。

警方突击搜查廖天家的行动是在 8 月 4 日晚 7 点 30 分，那时他已经先一步潜逃。

谁也没料到，他居然没有选择直接逃亡，而是藏在警方的视线盲点下，对两个他曾发誓要报复的人下手了。

有侦查员提出异议：“王刚和李花枝的失踪有没有可能跟廖天无关？”

不可能。这两人都是廖天报复的目标人物，如果只有一人失踪，还可以说是偶发事件，但两人在两小时内接连失踪，就不需要考虑其他可能了，这肯定就是廖天的手笔。

以最坏的可能预计，这两人或许都已经倒在廖天的枪口之下了。

专案组觉察事态严重。现在警方能仰仗的，是他们已于两天前全面封锁了 D 市。

廖天可能已经逃出盆田镇，但绝不可能逃出 D 市的包围网，专案组有这个自信。

接下来，是调查另外两名当事人的下落。

经过身份证轨迹追踪后，警方得知廖英目前在 M 市，小丽则一直在 S 市经营夫妻面馆。

专案组立即向两市公安部门发出协查申请。收到通报的 S 市侦查员很快出现在了小丽面前。

突然来了刑警调查，任谁都会惊疑，侦查员在打消了她的顾虑后开始提问。

首先，侦查员询问她是否知道廖英现今的下落，她的回答是“一直知道”。

廖英离开故乡后到了 M 市，此后一直在白椰咖啡店工作，直到一年前，她才加入了同在 M 市的“红头蛾剧团”并担任剧本策划。

“除了你，还有谁知道她现在在 M 市？”

对此问题小丽回想了片刻，答道：“枝姐。”

小丽在住女工宿舍时曾跟廖英通过信，李花枝偶尔也会看看信，所以她也知道白椰咖啡店这个落脚点。不过，她肯定不知道廖英后来去了“红头蛾剧团”，因为廖英加入“红头蛾剧团”是小丽搬来 S 市之后的事了。

侦查员心想，要是李花枝的失联真是廖天所为，那么他完全可能从李花枝的口中逼问出白椰咖啡店的地址。

另一边，M 市侦查员成功找到了廖英，不过他们没有直接跟廖英接触，而是选择对其进行秘密监视。

专案组的考虑是：廖天现在一个人在外逃亡，而外面的世界也就只有姐姐能帮助他了。所以他会不会在穷途末路时，通过某种方式跟姐姐联系上，向她求助？

廖英到时会不会考虑到血缘亲情，而选择包庇、窝藏，甚至协助弟弟潜逃？

只要有这个可能，警方就不敢托大，因此才决定进行监视。

侦查员在暗中对廖英展开调查。

报告显示：廖英今年二十九岁，学历是自考的本科文凭。性格上，廖英是个被身边人共同褒奖为沉稳、有主见、积极向上的人。工作上，廖英可谓对剧团的发展尽心尽力。

M 市有不少老牌剧团，“红头蛾剧团”在此完全没有生存空间，这导致近两年陆续有团员退出，寻找更好的出路去了。廖英每天就为了这个随时都可能解散的剧团往来奔走。

她像是憋着一股劲，想把这面即将倒塌的墙扶起来。

7.

2009 年 8 月 9 日，廖英进了白椰咖啡店，此时是中午，店里只有小莎在。

“大忙人，难得见到你。”小莎笑着调侃一句。

廖英一边跟她逗着乐，一边接过她递来的信。刚刚小莎突然打来电话，说有封从盆田镇寄给她的信。

廖英感到奇怪，知道她在 M 市的人应该只有小丽，但小丽现在在 S 市啊。

廖英看着信封，发信地的确写着盆田，但没有写明寄信人，更奇怪的是，信封上的字写得歪七扭八，像是故意为之。

会是谁呢?

她疑惑着打开了信，抽出里面硬邦邦像是纸板样的东西，才发现是张照片。

紧接着，她脸上的血色一下子全褪了。小莎察觉了她的异样，探过头来。

“不能看！”廖英急忙收起照片，转身走到待客区避开了小莎。

照片上的影像令她久久无法平复心情，深吸几口气后，她才拿起手机打给小丽。

对面很快接起。廖英说明了当下的情况，小丽支吾起来。

“小丽，你是不是有事瞒着我？”廖英急切地问道。

“我现在不能说……”小丽像是在顾虑什么，“等一下我再联系你。”

“什么意思？”

“对不起，我现在不能说。”那边匆匆挂断了。

两分钟后，一名高个男子推开店门进来，走到廖英面前出示了警察证。

“照片请让我看一下。”

警察接过去一看，脸色瞬间变了。照片上拍的是摆在染血灰布上的两根断指——右手的无名指和小拇指。另外，手指的一旁还摆着一把形状古怪的手枪。

“请问这是怎么回事？”廖英直视着警察的眼睛问道。她从小丽刚刚的态度以及警察出现的速度判断出这其中有很深的内情。

警察没有回答，背过身去打了电话：“没错，枪跟D市传来的图纸一样。”他顿了一下，转过身来问廖英，“你认得出上面的手指是谁的吗？”

那是廖天的手指，她十分肯定。

专案组将线索汇总：

一、廖英及其父母都能肯定照片上拍摄的就是廖天的手指。

二、信封、照片上均提取到廖天的指纹。

三、断指切口整齐，属利刃切割。廖天为右利手，不管是使用右手，或是改用左手，自然都书写不便，这也解释了信封上字体变形的原因。

四、盆田镇邮局的发信日为8月5日，经过四天，8月9日送达白椰咖啡店。

廖天目前已知廖英在白椰咖啡店，不用说，他肯定是从李花枝的口中逼问出来的。

目前不明的是，廖天的手指是因何而断？

警方在他的父母处问到，他在储蓄所作案后回家的那段时间旦并未受伤，由此推断，八成是后续与王刚或李花枝接触时所伤。

这大概就是他寄来照片的原因，他想传达给廖英的意思是“要不是因为你，我的手指也不会断”；在一旁摆上枪，是想预告“不久后我就要去找你，让你血债血偿”。

这是不可能出现的情况。

专案组已从周边县市抽调了数百名精干警力，严控了出入D市的所有干道，廖天可以说是插翅难飞。

廖英是绝对安全的。基于这个理由，警方决定暂时不向她透露全部案情。

目前她知道的只有廖天所制造的储蓄所案，至于李花枝的失踪则对她隐瞒了。

这是考虑到，要是知道了当年帮助自己逃走的阿姐可能被弟弟所害，廖英或许会另生事端。专案组必须把所有变数控制到最小，所以对她暂时隐瞒是最稳妥的选择。

离开故乡三年，廖英才第一次听说弟弟当年因诈骗罪而坐牢的事。

小丽从没告诉过她这件事。廖英没有怪她的意思。

要是廖英知道弟弟要坐牢，会不会不顾一切回来结婚？小丽肯定是考虑到了这一点，是为她着想。

从离开小镇的那一刻起，廖英就决心完全脱离那个家庭。这些年来，她与小镇毫无关联。然而现在看来，即便一时逃离了，一直捆绑着她的血缘铁链也不会就此被斩断。

廖英感受到一股时隔三年再次袭来的无力感。

她就在这种状态下，仍然每天为剧团奔忙着，她在坚持过着自己的生活。

如此又过了四天，8月13日一早，销声匿迹的廖天终于现出了形迹，那是又一封寄来白椰咖啡店的恐吓信。

信里同样是一张照片，不同的是，这一封信寄自与D市接壤的E市。

廖天突破了警方的包围网，像嘲笑似的寄来了信。

经过了四天，照片上那两根手指像梅干似的发黑萎缩了。

廖天已突破了 D 市的包围网，与会的侦查员都大感震惊。

廖天究竟是用了什么方法，一点踪迹都不露地突破了 D 市？

但在想不通的情况下，众人也只能着力应对当下。专案组立马将全部警力部署至 E 市，试图在廖天离开前逮住他。

然而，随着 E 市行动时间渐渐流失，警方生出了不祥的预感，这个预感在四天后真的化为了现实。

8 月 17 日，来自 F 市的恐吓信像约定好似的来到了廖英手上。众人无法理解。

接下来，G 市、H 市、I 市……信件如期而至。

廖天的方向一点也没错，他正踩着果断的步伐，提着枪一路南下而来，简直可称得上如入无人之境。然而并非如此，他看似轻松自在，实则举步维艰。

从发信日期看：5 日、9 日、13 日……他每经过一个市，都要花去四至五天的时间。

从 D 市至 M 市，坐火车只需要一天一夜，而他的行动至今已耗费近一个月。

想来必是如此，他得一面躲避警方的侦查，一面朝警方已知的目标区域移动，哪有可能游刃有余？

但即便如此，还是无法改变他逐渐朝 M 市逼近的事实。

然后，随着照片上的手指萎缩、腐烂、白骨化，不可避免地，廖天终于抵达 M 市了。

8.

2009 年 9 月 8 日，廖英交抱双臂，眼睛看着舞台上演员的动作，然而，没人知道她透过舞台真正看到的却是黑暗中喷吐着灰烟的烟囱。

那是故乡的烟囱，一想及此，她心头压抑的感觉更甚。自己当年的逃离并没有解决任何问题，现在的局面其实从一开始就注定了。

她现在的人生，既不是偷来的，也不是抢来的，她只是要回了属于自己的东西。

但这对弟弟来说是无法容忍的，所以他现在顺着血缘的纽带找来了。

为了夺走姐姐所拥有的一切，廖天打算不顾一切地豁出去，拽着姐姐一起沉沦。

这种情况下，廖英完全可以选择再次远远地逃开，可她完全没有这个打算，她已经不是当年那个毫无底气的姑娘了。

只有直面问题，才能解决问题。

刑警走上前来告诉她："廖天到 M 市了。"

到底来了。

廖英盯着舞台，微微点头。

"我们现在有一个计划，不过有点冒险，需要事先征得你的同意。"

计划是，廖英假装在白椰咖啡店上班，以此引出廖天。

廖英同意了。

要使自己能处于主导地位，就不能一味地被动面对，那就给弟弟设个陷阱吧。

于是时隔一年后，廖英又站到了白椰咖啡店的吧台里。

店里的顾客和店员都是警察假扮的，店外也有警方的人在盯梢，廖天如果出现在警戒圈范围内，立马就会被警察群起拿下。

行动第一天，白椰咖啡店收到了发自 M 市南区的恐吓信。那里距离这边只有十公里不到，从发信时间看，廖天现在八成就在白椰咖啡店附近。

廖英被层层保护着，可以说万无一失，但即便如此，店内众人还是绷紧了神经。

就在这种一触即发的紧张气氛下，第一天过去了，然后，第二天过去了……

没有任何状况发生，这究竟是怎么回事？

局面令人煎熬，这是明知敌人即将来袭，却不知敌人身处何处的不安。

廖天现在是不是在享受着这个过程？

他正藏在某处嘲笑着姐姐的慌乱无措，他想表达掌控廖英生杀大权的那把枪正握在他手里，要什么时候开枪随他高兴。还真是扭曲的性格啊。

随后，压抑的第三天也过去了。

第四天，出现了始料未及的状况，一个发自外市的快递箱被快递员放到了吧台上。

廖英盯着快递单，寄件人叫“真凶”，收件人“廖英”，发件地址分明写着 N 市。

她跟身旁的女警面面相觑。

这要怎么解释？

难道廖天已经离开 M 市，继续往南去了？

刑警队长小心翼翼地打开了包裹，里面只有三样东西：仿制枪、灰布包裹住的手指骨、一封信。

廖英将信拿起，迟疑着打开：

廖英你好，我是李花枝，不会想不起来是谁吧？你以前一直叫我枝姐。

你现在身边有警察吧？那么容我先声明一点，先让你们放心。

廖天已经死了，被我埋在了镇子里。

没错，最近你收到的信都是我寄的。

一切的起因就是你留下的那期《禾穗》。讨论“自我牺牲综合征”的每一篇文章我都看了。

没错，我也是家里的长女，下面有一对弟妹。按书里的定义来看，我就是一个“为原生家庭甘愿牺牲人生，抹杀个人价值，永远叫不醒”的长女。

可那又怎么样？大姐为了自己的家付出不是理所应当的吗？

当时我对“自我牺牲综合征”这个说法挺不以为然的，直到那件事的发生。

那天我妹妹搬家，我这个大姐自然得去帮忙。

不过说是帮忙，其实只有我一个人在干。就算是搬床头柜这种大物件，她也没有要搭把手的意思，一直在旁边摆弄她那些名牌衣服。

等搬到床垫时，我一个人实在是抬不动，就让她来搭把手。

她回我：“不要，脏死了。”

我觉得也是，她从小就没干过活，又爱干净，不搬也很合理啊。

等一下，合理吗？我突然想到，就因为我是大姐，所以这些理所当然都应该由我来做？

之前看过的“自我牺牲综合征”的定义在那一刻突然从我的脑中冒了出来——浑浑噩噩地奉献，对一切不合理都不会有怀疑。

原来是这样，怀疑的种子在看到杂志的那一刻已经在我的脑中深埋，此刻冒出了芽。

我停下手，看着她还在摆弄那些名牌衣服，这些东西大多数都是花着从我这里要过去的钱买的。反观我自己，已经四年没买过新衣服了。

这合理吗？

我说："那你搬凳子吧。"

那些只是折叠凳，她随手就能提出去。

她说："不要。"

我问："为什么？"

她理所当然地说："这些不都一直是你在做的吗？"

她指的是家务，从弟妹出生以来，所有的家务都是我在做，这是事实。但此刻我却愣住了，因为她现在明明有空，为什么连搭把手都不愿意？

她这种语气开始令我不安起来。我想起了杂志里的一句话：不要把自己的人生交到别人手中，即使那是至亲，最终被辜负的例子也数不胜数。

那天晚上，我躺在床上干瞪着眼，怎么都睡不着。

我开始回顾自己的前半生。干家务、照顾弟妹、被要求辍学，到这里我们的经历都是一样的。但接下来不同的是，我没有怀疑我那单亲母亲的安排，辍学后就嫁给了一个只见过两次面的男人，只为了尽快减轻家里的经济负担。当时的我欣然接受。

那男人是个短命的人，我们没有留下孩子。

之后，母亲患了中风瘫痪在床，身为长女的我又接起了照顾她的责任。送走她后，我住进了工厂宿舍，每天站在流水线上，为了替滥赌而欠了一屁股债的弟弟还债，直到现在……

这就是我的前半生，现在想来，我的人生道路似乎被长女责任左右了。

身为长女的我总是把家人放在第一位，一心一意为弟妹付出。

决心不再结婚、没有孩子的我把下半辈子的人生托付到弟妹的手中，可是他们不会辜负我吗？

我现在还能干活，供给他们血汗钱，可等到年纪大了时，他们会报答我，照顾我吗？

要是临老被甩掉，我的下场该有多么凄惨？

这些问题令我非常恐惧。

在床上辗转难眠的我马上就想要一个答案。于是我打给了那个在外躲债的弟弟，还有那个为了高质量的生活一直向我伸手索取的妹妹。我骗他们说我刚查出了尿毒症，让他们抽空来医院做个肾源配型，如果谁匹配成功，希望能捐给我一个肾。

我想，我为他们付出了人生，区区一个肾肯定是可以的吧？

结果回答都是“不行”。

我开始慌了：“那钱呢？只要帮我凑够钱，也可以等肾源。”

回答都是“一分没有”。

“那去借啊，没钱的话我会死的！”那时我真的把自己代入了尿毒症患者的身份中，拼命想向他们祈求一线生机。

“你自己想办法吧。”

“我死了也没关系吗？”

“是啊，不要再打来了！”

打完这个电话后，他们都当我已经死了，跟我断绝了联系。

好啊，原来如此！此前我觉得对弟妹好，他们就会对我好，原来这些想法都是我的一厢情愿！什么血缘、付出，都被他们嗤之以鼻。

此时，我终于从长达四十年的自我洗脑中清醒了！

我本来可以上大学，读导游专业。我从小的梦想就是周游全国，可为了供他们读书，我轻易就放弃了这个未来，辍学结婚，成了寡妇，至今最远也只到过县城。

然后呢？到头来他们就是这样感谢我，这个世界是怎么了？

在背后支撑着他们舒适生活的是我，为他们操持一切的也是我，让我绝望的，却是他们！

自那天开始，我无时无刻不在咀嚼着自己的悲哀。

每当我看到街上那些朝气蓬勃的年轻女孩，再回头看看镜子里那具黑瘪的躯体，我就想起自己也曾有过一段青春美好的时光。那时呈现在我眼前的全是对未来的美好憧憬——上大学，认识这个世界，自由自在地旅游。

现在呢？我像一条在湿冷的水泥地面上爬行的虫子，每天只有绝望相伴。

每天都如此。

我一边在流水线上机械地重复着相同的动作，一边绝望得几乎要晕过去。

我失去了人生的意义。身为长女的我，从小被他们灌输唯家人至上的理念，这个理念一直被我奉为圭臬，而如今，在他们眼里已经是“死人”的我，彻底失去了生存的意义。即便我清楚知道这一切都是“自我牺牲综合征”在作祟，可仍然无法逃脱它的思想控制，我为自己感到悲哀。

不出意外的话，我会如此重复着绝望直到断气的那一刻。

直到那一天，我不小心撞见了廖天杀王刚的现场。原来廖天这家伙在监狱里就一直在谋划出来后要干一票大的，甚至还找人学会了组装手枪。

出来后他抢完储蓄所就打算逃离D市，结果这天王刚得知廖天出狱，马上上门找廖天要被骗的彩礼，廖天看着咄咄逼人的王刚，心一横直接顺手杀了他。

看到王刚躺在地上的尸体我转身就跑，但已经晚了，他不会放过我，我们本就有“旧仇”。

我们在阴暗无人的巷子里搏斗了许久，渐渐无力的我都已经要放弃了。

反正我已经被家人抛弃，何必再苦苦挣扎。

但老天却和我开了个玩笑——“嘭”的一声，廖天的手枪走火了。

廖天死了。

看着廖天和满地的钞票，我首先是慌张，但随即我的脑海中突然生出一个念头——我怎么还在这里？没有了家人的我不是应该自由了吗？

现在我还有了钱，能支持我自由生活的钱。

我努力镇定下来，想办法把廖天的尸体拖进镇子的后山，埋进土里。

为了不被盯上，接下来我就得从警察眼前消失。

没有比廖天更好的替身。

只要让警方以为廖天还活着，而一直被廖天记恨的我和王刚遭了廖天的毒手，我的失踪就此有了合理性。

我制造了自己失踪的假象。结果就像你看到的，只要我假装廖天给你寄信，镇子里的警察会持续在周边搜索我的“尸体”，但镇子外的警察压根就不会多看我一眼。

至于给你寄廖天的手指照片……很抱歉，我不想吓你，但为了使信封上的笔迹合理化，我只能使他“写”不出来正常的字。

第一封信上被我按上了他的指纹，我赌了一把，警察肯定只鉴定了第一封吧。

看到这里的你肯定会问，我现在为什么选择写这封信向你揭露一切真相？

因为我已经后悔了。

我假装廖天来M市找你，除了迷惑警方、为我之后的远走高飞做准备，更多的原因是想看看你现在过得怎么样。

之前我一直以为，跟我一样孤身于世的你，应该也会活得很无助吧。但事实并非如此。

那天在店外看到你，你真是大变样了。

听说你的小说被改编成了舞台剧，成功地活出了自己的人生，你真了不起！

当看到这样的你时，我开始反思我的路是不是走错了。

我们同样获得了自由，却走向了两条截然相反的道路。你完全为了自己的人生而活，不仅上了夜校，拿到了大学文凭，更是在热爱的事业上发光发热；反观我，即便自由了，其实仍被困在“自我牺牲综合征”里，被失去家人的痛苦紧紧攫住，更是因此而铸下大错。

“每个患者都是独立的个体，完全可以拥有自我。”此时我才想起《禾穗》上的这句话，我应该早点明白这个道理的，那就不会像现在这样悔不当初了。

我好后悔。

我又把自己的人生搞砸了，我的一生是失败的一生。

所以在最后，我想以这封信叮嘱你：你要永远保持自我，永远自由。

再见。

9.

六小时后，传来了李花枝在 N 市自首的消息。

负责押解的警察在她的包里搜出了一叠风景明信片，这都是她在这一路的旅游景点购买的，这也解释了为何她每经过一个地方都要花费四到五天。她是一路游览着风景过来的，以完全自由的身姿。

即使只是昙花一现，她也算是实现了梦想吧。

这起案件至此尘埃落定。

几年后，由廖英主笔的舞台剧本《长女》被某电影导演相中，传来了要被搬上大银幕的消息。

在 S 市经营面馆的小丽每天忙得热火朝天。每当学校放假时，心疼大姐的弟妹就会跑来店里帮忙。那些客人看了，都说这家的三个孩子感情真好。

三个长女活出了三样人生。

6 号病房病人档案

姓名：[redacted]

性别：男

年龄：18 岁

病症名称：创伤后应激心理障碍

病症表现：

病人无法接受因为自己的失误而导致另一个人的离世，过分愧疚导致对其他人有代偿心理，以至于遗忘了自我原本的身份，经常干出一些和自己身份不符的事情。

[redacted]

(D) ~~TOP SECRET~~ SPECIAL HANDLING

病房006

不存在的人

文/聿修

THE SIXTH WARD

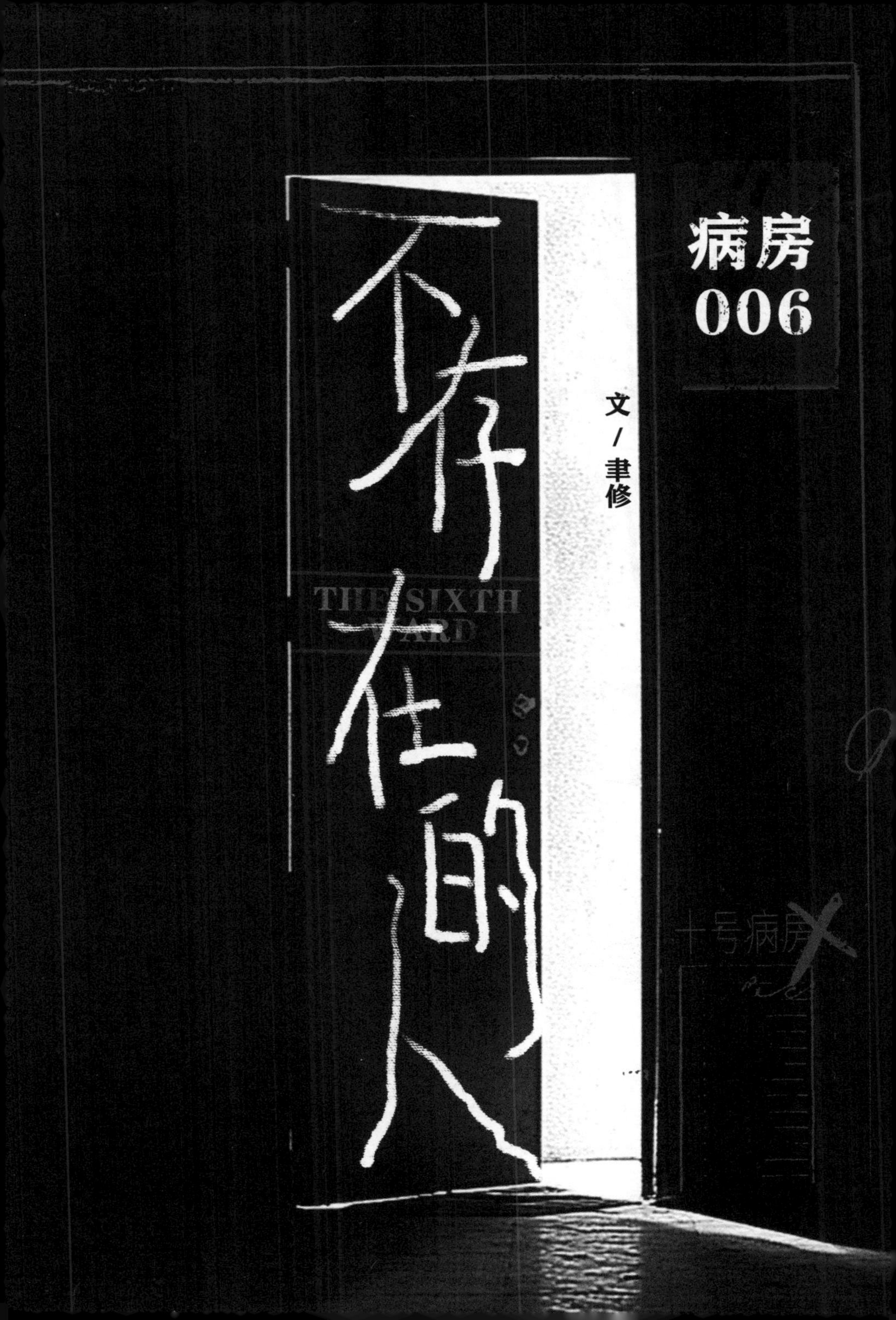

不存在的人

THE SIXTH WARD

文/聿修

1.

李警官今天遇上了个奇怪的事儿。

起初是一个年轻姑娘哭得梨花带雨地来了警局报警。

对方情绪激动，李警官安抚了许久，她才能慢慢地表述几个短句子，可说话内容还是颠三倒四，众人拼凑了许久才拼出完整的故事——她的男朋友失踪了，无论如何都联系不上。

男朋友叫林嘉懿，名校毕业，父母双亡，据说在本地没有什么亲戚朋友，交际圈十分窄。

两个人是在画廊看画的时候认识的，互相留了联系方式，又约着出来见了几次。

对方年轻英俊，谈吐幽默，举止绅士。没见几次，沈晓月，也就是报警的这位姑娘就沉沦了，和对方确定了关系。

确定关系后，他也依旧温柔，对沈晓月很好，可总是忧心忡忡，似乎在警惕什么人。

偶尔被沈晓月听到过几次自言自语，言语中总提到“那个人”，似乎是他的梦魇一般，可细问那个人和他发生了什么，他又立刻缄默，什么都不肯透露。

问题就在于，两个人虽然确定了关系，但沈晓月对林嘉懿的交际圈称得上一无所知，两人交往半年，居然连一张合照都找不出来。

更何况她穿着时髦，光手腕上一块手表就顶上李警官他们队里那群大小伙子的全部身家，很难不怀疑是情感单纯的富家大小姐遇上了以爱为名的“杀猪盘”。

但沈晓月坚持认为，一定是他善良单纯的男友遇上了邪恶的绑架犯。

“但你连你男朋友的电话号码都不知道。”李队长忍不住提醒。

“那是因为他之前一直在国外留学，没来得及换国内的手机卡，所以我们才一直只用邮箱联系。”沈晓月显然有她自己的逻辑。

李警官无奈，只好让人打开电脑进户籍系统里查。

可一查不要紧，倒真查出个稀罕事，户籍信息里压根没有人能对得上。

这下大家更加认定是沈晓月遭遇了杀猪盘，对方伪造信息，将她骗了。

别说这男的是叫林嘉懿，这男的可能连林都不姓。

可这些话也不能和沈晓月说，根据经验，这种情感类杀猪盘的受害者一般很难相信自己被骗。

李队长有了些猜测，便问道：“那他有没有跟你借过钱？或者让你给他进行大额转账？”

沈晓月掰着指头想了半天：“多少钱算大额转账？千

儿八百的钱我也记不住啊，更何况我男朋友也不在乎这点小钱。”

李队长感觉抓住了一点线索：“你怎么知道他不在乎？这么说来，他在你面前炫过富？或者说，他至少在你面前展示过自己雄厚的财力？”

可沈晓月却干脆利落地摇了头：“那倒没有，可是我就是知道。”

“沈小姐，推论需要证据支持。”

沈晓月咬了咬嘴唇：“我确实没有什么证据，就是一种直觉。他家境……或者说小时候的家境肯定很好。你也知道，我们是在画廊认识的。其实那天稍微有点意外，我一直喜欢买画，但是那天展出作品的那个青年画家我并不认识，于是叫来了画廊的经理人给我介绍。那个经理应该是看我年纪小，觉得我不懂收藏，一直在给我介绍另一幅。但是嘉懿过来了，他说那幅画是作者创作稳定期画的，不如选这幅，是作者低谷期创作的，然后给我介绍了许多这位青年画家的事情。”

说着，沈晓月叹了口气，解释道：“这些作品如果是作者稳定期创作的，那价格会趋于稳定，而低谷期和高潮期这种创作转折期的画因为存量很少，大多可以通过营销和炒画溢价卖出，就算是不买卖，单纯的藏家也会更倾向于存量稀少的转折期作品。不懂画、没有买卖过画的人，很少会知道这个潜规则，更何况那天他一眼就能认出哪一幅是转折期的画，他肯定是对艺术品交易十分了解，才能做出这样的判断。警官，你可能理解不了我说的东西，但是我确实是因为这个而对嘉懿心动的。”

“所以你们没有金钱的往来，那这些艺术品呢？他有没有跟你索要过？”

沈晓月又摇了摇头：“其实按理说，这种鉴定都要请人来，我俩要是没有情侣关系，单是我要付给他的鉴定费都不是一个小数目了，可他从没主动提过……警官先生，我知道您不相信我说的，但是我真的觉得他对我不是图财。”

听起来简直是个十全恋人，除了没有人见过这一点。

“警官先生，你不会也以为嘉懿是我幻想出来的吧。”

“也？”李队长重复。

沈晓月的情绪有些低落：“我和我的朋友们也说过，他们都说是我想谈恋爱想疯了，幻想了一个男友。我以前因为家里的原因看过心理医生，也确实是因为这个原因喜欢看画、买画的，可我总不至于连幻觉和真实都分不清吧。”

“没关系，沈小姐，我相信你。”李队长扶了扶额头，“那你说的他遇到的麻烦，又是怎么一回事？”

沈晓月露出了纠结的神情，过了一会儿，才下定了决心一般：“我怀疑他可能……干灰产。”

“灰产？”李队长忍不住追问，“你是说，他可能在给什么人洗钱？”

艺术品交易向来鱼龙混杂。这个林嘉懿是个假名，和人交往他连电话都不敢留，自称是个无父无母、无亲无友的孤儿，偏又对最需要人脉的艺术品交易十分了解，同时他还提过自己是在躲避什么人。

这样一来，沈晓月担心林嘉懿被绑架出了意外也不是没有可能。

沈晓月心事重重，还替她的男友分辨：“不管怎么说，这段时间的相处不是假的，他是个好人，就算他真的做了什么，也一定是有苦衷的。”

“我们理解。”李队长只能先记下信息，说之后有线索再联系。

2.

查一个没有电话、名字假冒、照片暂无的失踪人员，简直比大海捞针还难，找到人的概率堪比出门买彩票中五百万。

可就在警队众人阴云密布的时候，又有一个人报了警。

报警人姓胡，今年六十多岁，退休在家，没什么事做，喜欢和人聊天。她报警是因为她隔壁住的一个小伙子突然不见了。

据这位胡阿姨讲，这位小伙子大概十七八岁的样子，虽然家庭条件不好，住的地方很差，但为人热心善良，看她寡居，经常帮她做一些体力活。

前段时间小伙子郁郁寡欢，似乎惹上了什么麻烦，而且总说自己在躲什么人。胡阿姨也有问过，但小伙子一直避而不谈，说不想给胡阿姨添麻烦。

可这周开始，胡阿姨就发现他居然失踪了。

小伙子生活规律，每日最晚七点肯定到家，从来不会夜不归宿，如今整整一周不在，肯定是被麻烦找上门了。

胡阿姨虽然退休了，但为人热心，立马来了警局报案。

“他失踪后，您有没有试着联系过他？”李队长问。

胡阿姨想了想，说：“我这个岁数，我自己的电话都用得不大懂，再加上之前他一直就住在隔壁，敲个门就找到了，所以也没想过留联系方式。”

“那住您隔壁的小伙子叫什么名字？”李队长又问。

胡阿姨思索了半天，还真被这个难题问住了：“我一直叫他小林……他说过一次，但现在我还真想不起来他叫什么了。”

又姓林。李队长心里一跳：“难不成叫林嘉懿。”

胡阿姨连连点头："对对对，就是这个名字，李警官你认识他？"

这也算半个好消息了，起码证明这个人是真实存在的，而不是沈小姐幻想出来的。

可看起来十七八岁，和沈晓月说的大学毕业也不符合呀。

"刚刚也有一个人报了他失踪，报案人是他的女朋友，您见过他的女朋友吗？"

"女朋友？"胡阿姨愣了一下，"没听他提起过，还以为他就孤身一个人打零工呢？"

"那您了解他其他方面的信息吗？比如社交圈、工作单位，或平时都和什么人来往。"李队长问。

胡阿姨摇了摇头："这孩子话不多，不怎么爱说话，不过是个好孩子，平日里就喜欢拿个本子写写画画。我俩认识也是因为我这人就喜欢种花，他一开始不知道那些花是我种的，就坐在那里写生。看见我过去浇花，才知道是我养的，站起来连连道歉，说以为是野花。唉，其实也不打紧，这孩子腼腆，看见我腰腿不利索，还替我把花都浇了。"胡阿姨似乎想到了什么，又重复道，"他真的是一个很好的孩子。"

对于胡阿姨的保证，李队长不以为然。

"那别的呢？他有没有跟您提起过什么比较可疑的事，比如最近遇到的麻烦？"李队长又问。

胡阿姨这次回答得更慢了，想了很久才说："他好像说过他怕水，以前救过一个落水的孩子，但是没救上来，之后他一直很愧疚，还说对不起那个孩子。唉……也怪我当时多嘴，想多聊几句，然后他眼眶就红了，我就再也没敢提。再其他的，我就真不知道了。"

李队长记了下来，见再问不出什么，便又问了胡阿姨住址，叫上几个同事，准备去这个“林嘉懿”的家里，看看还能不能找到什么线索。

到了小区，还没上楼，李队长就被这楼的破败程度震惊了。

七十年代的筒子楼，楼梯碎得连不成整个，连明显重新粉刷的墙皮对这栋楼来说都是个稀罕物。

这可一点都不像沈晓月口中那个男朋友会住的地方。

因为太破，房主挂给中介出租，一个月四百，给钱就能住，根本没签正规合同，租户的个人信息自然也无从查起。

警察第一时间检查了全屋。

外面破，里面更破。乱搭的行军床，铺了点报纸就算垫了东西，除了生活必需品之外，什么都没有。

就算真如沈小姐所言被绑架，以这个家徒四壁的程度，恐怕都看不出来有没有搏斗痕迹。

李队长和同事翻了个底朝天都没找到任何和身份有关的东西，只有几件没有带走的旧衣服。可说来奇怪，屋子破，衣服却都是牌子货。

大家把可能残存 DNA 的物品通通打包好，又给沈晓月打了电话，准备叫她来警局认认衣服。

等待的时候，李队长瞄了一眼行军床，却发现那堆像垃圾一样乱放的报纸，似乎被精挑细选过。虽然分属不同的报社，但都是十年前七月份的报纸。

七月六日《与公益同行，助学子圆梦》《高考成绩出炉，状元花落泽诚一中》……七月八日《景点免费，高考考生可凭准考证免费进入》《勇救落水儿童，青年传递见义勇为正能量》……七月十九日《高招录取分数确定》……七月二十日《官方拟追加见义勇为者烈士称号》……

他拿起一张报纸，随手翻了翻，没察觉到什么异常，都是些早就尘埃落定的事情。

也对，同一时间的报纸，就算分属不同的报社，报道的内容也只会大同小异。

什么人会只收藏十年前七月份的旧报纸？

李队长心下疑惑，却还是让人把床上的报纸都收了，和旧衣服一起带回警局。

临走的时候，胡阿姨还不放心，扶着门框，满脸担忧："小林是个好孩子，要是真招惹到了什么坏人，也肯定不是他有意的。"

李队长摆摆手："您放心吧，我们不会漏抓一个坏人，也绝不会冤枉一个好人。"

3.

李队长带着人刚回警局，屁股都没坐热乎，就见他同事神神秘秘地拉着他去了另一个报案人那里。

这回的报案人是一个餐厅的经理，据他说他半年前收留了一个离家出走的年轻人，给他提供工作的地方。

那个被收留的年轻人个子很高，十八九岁，说是走得急，身份证落在了家里。经理一开始也想报警，可年轻人央求他，他看对方可怜，就没有报警，连住的地方都是经理给找的。

在经理的回忆里，这个年轻人的行为举止不太像一个穷苦人家的小孩，反而像养尊处优惯了，十指不沾阳春水，一开始的时候，干活非常不利索。

听完这段，李队长都乐了："不是，同志，那地方破得可真不是一般人住的。要不是你解释，我都要怀疑得是犯过多大的事儿能忍这种住处了。”

经理只嘿嘿一笑：“那不是他身上没带啥钱嘛！”说到这里，经理一拍大腿，“别的不说，警官，你说怎么会有人连啤酒箱子应该哪面朝上都不知道？他一开始拿货，那啤酒个个头冲下！这不玩呢吗？”

李队长也笑了。

啤酒倒置容易炸瓶，这又不是红酒。

但好在年轻人肯吃苦，没多久也就历练出来了，现在经理喜欢得紧，可对方似乎总有心事，好像很怕被家里人带回去。

“那小伙子长得帅，就是不大爱说话，但人很乖，平时问什么答什么。我们餐厅分早班和晚班，早班负责上货搬东西，天不亮就要起来，现在的年轻人都宁可熬夜也不愿意早起，所以都是晚班好招人。一开始这小孩也上晚班，后来听我抱怨过一次早班招不到人，就来找我换成早班了。”

经理又记起那个年轻人的好来：“其实我知道他也起不来，只是感激我，又急着想帮上我的忙罢了。他的性格有点轴，认死理，自己决定的事情，别人怎么劝都不好使。所以一开始我也合计着，先同意，让他换到白班，反正做不了两天，他也就知难而退了，我到时候再给他换回去呗。最开始几天的时候，我瞧着他还经常犯困，后来就不了，听他说他每天晚上八九点钟就睡了，特意调整了生物钟。”

总之在经理嘴里，这人踏实肯干、勤劳务实、心地善良，关键能管个吃住就很满足了。

可巧的是，这个年轻人也叫林嘉懿。

如今这个年轻人没有请假就突然联系不上了，电话不接，短信也不回。他担心年轻人是不是被家里人带回去了，或者出了什么意外。

这可奇怪了，胡阿姨和沈晓月都说林嘉懿是孤儿，怎么这又冒出来个家里人。

李队长：“他家里的事情有和你说过吗？”

经理：“没说过太详细的，他好像不太想提，我也不能戳他伤疤吧。就一次，那会儿老有人在门口晃，他找过我，说害怕被带回去关起来。”

李队长忍不住，又重申了一下：“涉及人身限制问题，你应该报警处理。”

经理唉了一声：“警官教育得是，我也明白，但是这小孩看着真的可怜啊！”

李队长：“那在你们店门口晃悠的人后来上门了吗？你们知道是谁吗？”

经理：“嗐！还不是我对面……我的竞争对手，找了几个小混混，想搅和我生意。半大的孩子也是可怜，没人管，也没念过什么书，没什么是非观念，胆子也小，吓唬几次就都回去了。应该是和嘉懿没什么关系。”

“那你们平时怎么联系的？”李队长用笔一下下点着纸面，“你们留的联系方式不会也是邮箱吧？”

经理没听懂，只觉得莫名其妙：“这年头哪还有人用邮箱联系，自然是电话了。”

李队长松了口气，案件终于有了突破口，他立马让同事去查经理给的号码。

这边经理还对着李队长不停絮叨，反复说那真是个好孩子，虽然不知道为什么离家出走，又害怕家里人强行带他回去，但他相信一定不是那个孩子的错。

李队长没忍住：“那你知道‘林嘉懿’是个假名字吗？户籍里根本没有这个人。”

经理一怔，絮叨的话停了一瞬，但还是坚定地说：“那他一定是有苦衷的。”

嘿！真奇了！这骗子到底给身边人灌了什么迷魂汤药，居然这么好用，一个两个都觉得他肯定有苦衷。

李队长正想继续聊下去，同事突然敲了敲门，神色古怪地示意他出来。

他跟了出去，就见同事递给他一摞材料，脸色有些不好：“一个好消息，一个坏消息。”

“别卖关子，两个一起说。”

“好消息是，电话号码的户主就叫林嘉懿。坏消息是，根据这个户主信息，我们查到的那个林嘉懿……十年前就死了。”

死了？这算怎么回事？那这些人认识的林嘉懿又是谁？

查来查去，居然查到一个死人身上，李队长青天白日地冒了许多冷汗。

总不见得是死人还魂了吧？

他赶紧去同事的那台电脑上查看，信息显示年轻人注销户籍的时候只有十八岁，双亲那一栏写的“无”，确实是孤儿，和沈晓月、胡阿姨口中的信息都对得上。

而户籍注销的时间是十年前的七月份。

十年前七月……

林队长额角一跳，那不就是出租屋那些报纸的年份吗？

李队长几乎是从座位上弹起来的，拽着几个不明所以的同事就往物证科奔去。

报纸被一份份摊开，依旧是再日常不过的新闻。

“老李，你让我们找什么啊？总得有重点吧。”

“重点……重点……”李队长一拍脑袋，“有没有落水、见义勇为之类的新闻。”

同事心领神会：“你是说胡阿姨提到的……”

这次大家找起来就仔细了许多，掰开了揉碎了去看。

新闻报道只占了社会版面一个小角落，并不起眼，甚至出于保护隐私的关系，一开始几篇里的名字也是化名。

“七月六日，一名儿童在水库戏水时溺水，一名刚刚经历高考的学子不顾危险，跳入水中，成功挽救儿童性命。救人者因力竭陷入昏迷，目前正在医院救治。七月二十日……拟追加见义勇为者林嘉懿烈士称号。”

李队长和同事面面相觑，彼此似乎都有许多想说的话。

正在这时，接到通知的沈晓月火急火燎地闯了进来。李队长水都来不及喝一口，就陪着沈晓月去看物证，同事则立刻去户籍那里继续调档案。

相熟的人都不必细看，只看了一眼那些衣服，沈晓月就认出了它们的主人是谁，急得直跺脚。

“哎呀，这就是我男朋友的衣服啊。你们从哪里得来的？你们找到他了吗？他有没有事啊？”她语气急切地追问。

“他没事，我们……我们暂时还没有他的消息，这些衣服是我们在他住的地方找到的。按理说不应该告诉你搜查进度的，但我想我们已经能合理推测出真相了。”

“什么真相？”沈晓月追问。

同事走了进来，拿出了刚从档案库调出的照片。

同事：“你的男朋友是他吗？”

沈晓月：“是……他在哪儿？警官，你不用瞒我，我都能接受的。他是什么人我都能接受，你告诉我吧。”

同事：“他现在在市第二精神病医院。”

4.

医院很安静。也许是病人都在自己的病房待着的原因，走廊并没有想象中的那么吵闹。

李队长和沈晓月在医生的引导下，顺利地找到了他们想找的那个人。

年轻人穿着病号服，正呆呆地看向窗外，似乎正在看美丽的景色。

但其实什么都没有，窗户被报纸糊住了，什么都看不见，只有几缕阳光透过糊窗户的报纸，照亮了屋子。

医生嘱咐过他们，不要说太多事情，以免刺激到病人，可沈晓月还是忍不住冲了过去，抱住了年轻人。

年轻人这才回过神来，又惊又喜："晓月？你怎么知道我在这儿的？你……"说着说着，他好似又想起来这是在哪里，情绪变得低落了许多，声音也不自觉小了，"我不是故意消失不见的，我也不是故意瞒着你。"

沈晓月摇了摇头，犹豫着："嘉……没关系的。"

但年轻人并没有被这句话哄住："对不起，我骗了你……"

他张了张嘴，手指相扣，十分局促。他似乎想藏起来，或者找什么东西盖住自己这一身病号服，但是空荡荡的病房显然不可能满足他这一小小的愿望。

"所以你的'麻烦'就是这个？你是从这里逃出去的？"沈晓月问。

"是的，他们说我有病，可我觉得我已经好了……"年轻人垂下眼睛。

"因为十年前的那次落水？"李队长忍不住插话道。

其实也没必要多问这一句，事实已经很明白了，但有些话，李队长还是想听当事人亲口跟他说。

年轻人抬头看了过来，目光很干净，在病房昏暗的光线下甚至看上去有些忧伤。那一瞬间，李队长有些明白为什么所有人都会固执地坚信他一定是个好人。

可年轻人似乎被他的视线烫到，立马躲闪开。

“是的，当时高考结束，学生拿着准考证可以免费进景区游玩。我是孤儿，从小到大都没有什么人带我去什么景点，所以那天，我一个人去了景点。路过水库，我看见有个孩子在里面凫水玩，突然他就扑腾了起来，没一会儿就沉下去了。我立马跳了进去，可水太凉了，我没有抓住他……其实我已经游到他身边了，可是我没来得及。”年轻人的眼圈红了起来，声音也有些哽咽，“如果那天，我听家里人的话，不去野泳，如果当时我带了游泳圈，一切都不会发生，不会有人因为我的失误而死。”

李队长刻意忽略了他话语里矛盾的地方：“因此你感到愧疚，产生了……”李队长停顿了一下，看了一眼床头的病历卡，才继续说，“创伤后应激心理障碍？”

年轻人快要哭出来了：“是的，我过不去这道坎，我……”

沈晓月看着难过，声音细如蚊蚋：“可是……死的是林嘉懿啊，你是……”

年轻人突然挣脱开沈晓月的拥抱，双目赤红：“你在胡说什么！我是林嘉懿！死的是那个孩子！”

“安修杰，你冷静一下。”李队长上去摁住了他。

他红着眼睛，不停重复道：“胡说，你们都胡说，我是林嘉懿。”

病房的喧哗很快就被注意到，医生立刻冲进来制止了这一切：“够了，我放你们进来不是让你们刺激我的病患的。有什么事情我们出去说，你们问我也是一样的。”

“他有认知障碍，是吗？其实不是病历上写的那样。”李队长透过门上的气窗，又看了一眼屋里的那个年轻人。

他又坐在了窗户面前，继续望着那堆过时的报纸。

“是，也不是。”医生引着其他人往更远的地方走了几步，“他的病确实是因为那次落水，患上了创伤后应激障碍。他始终接受不了有人因为自己而死的事实，所以他扭曲了记忆，坚信那个救人的林嘉懿活了下来，而那个死去的人是他自己，安修杰。”

“他的病时好时坏的，有时候知道自己是谁，知道的时候就画几幅画，他父母貌似条件蛮不错的，还给他办过画展，我不太了解这个，应该是画得很好吧……有时候他又坚信自己一定是林嘉懿，谁说都不好使，提安修杰就生气，病历本上看见安修杰三个字都要涂掉，通通换成林嘉懿。”

“所以他一定要离家出走，同时离开这个医院。因为这儿的人都把他当‘安修杰’，而不是‘林嘉懿’。”李队长说道。

“事实上，他并不认识林嘉懿，许多信息都是他看报纸知道的，他把那些他觉得美好的事都堆砌在了林嘉懿的身上。那个见义勇为的小英雄和他差了十岁，是个孤儿，一直勤工俭学，当时也不是在景区玩，而是在水库附近的渔船那儿打工。所以他始终觉得，自己夺走了一个年轻人光辉的未来，善良的人应该有好报，‘林嘉懿’这个名字，也应该有许多人记得，而不是窝在一张报纸小小版面的一角，只有一个人记得。”

“但其实他的病并不影响他的生活。”李队长忽然如释重负，“我听许多人都说了他离家出走这半年做的那些事情，也许……”

他也不知道还能说些什么，但他觉得总有一天，属于林嘉懿的阳光会照亮更多地方。

医生耸了耸肩膀：“谁知道呢，说不定当‘林嘉懿’这个名字被人人称赞的时候，‘安修杰’也能活过来呢。”

CHAPTER 007

7 号病房病人档案

姓名：[redacted]

性别：女

年龄：30 岁

病症名称：产后抑郁症

病症表现：

患者最突出的症状是持久的情绪低落，表现为无精打采、困倦、易流泪和哭泣。患者常用“郁郁寡欢”“空虚”“孤独”“与他人好像隔了一堵墙”之类的词来描述自己的心情。患者还会经常因为害怕不懂照顾婴儿而感到焦虑，同时又担心婴儿的健康。还表现为与丈夫及家人关系不协调、对身边的人充满敌意。

[redacted]

(D) TOP ~~SECRET~~ SPECIAL HANDLING

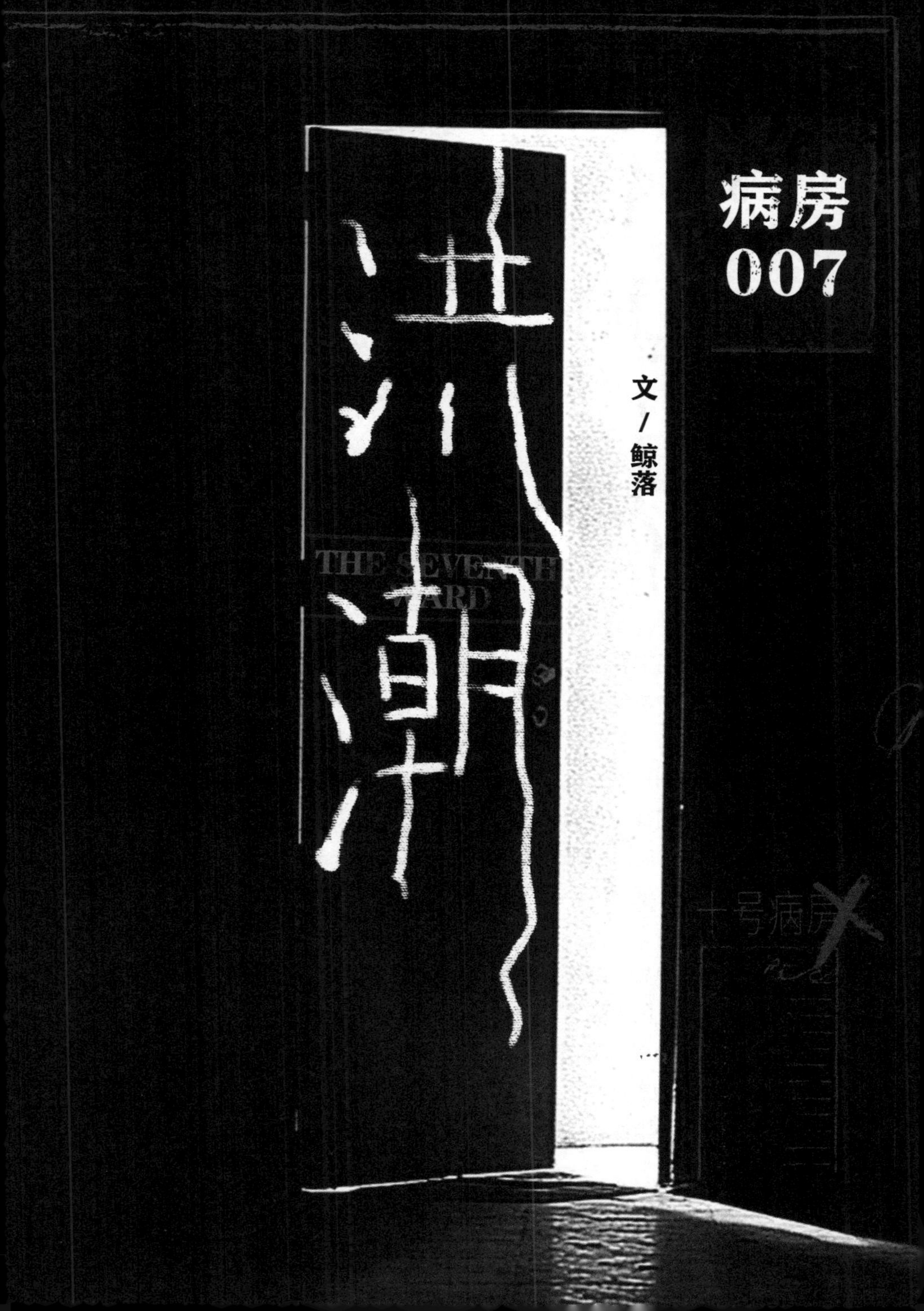

病房007

逆潮

文/鲸落

进训潮

THE SEVENTH WARD

文 / 鲸落

1.

卫重明带着人走进医院这间 7 号病房时，视线不经意扫过贴在门口的温馨提醒：请耐心与患者交谈，不要谈及会刺激患者的话题。

卫重明轻嗤了一声。这是哪门子的道理，这位绑架案的幸存者是他们警方现在破案的唯一突破口，不赶紧让她恢复记忆，事态将会发展到一个谁也不想看到的局面。

毕竟，她的孩子还在绑架犯的手上。

周日早晨，阳光从窗帘缝隙投进卧室，形成一条温暖的光带洒在凌乱的大床上。

手机铃声响起的时候，卫重明睡得正香，还打着小呼噜。

这是他难得的休息日，他本打算把一天都用来补觉，现在才八点就被吵醒，实在是烦躁得不行。

“谁啊？今天我休息不知道吗？有什么事找周副队。”

“卫重明，你睁眼看看是谁给你打的电话！”电话那头李局咬牙说道，“别废话，赶紧起来，出事了。”

卫重明蓦然清醒起身，双眼一派清明。

“现在什么情况？”仅用二十分钟就收拾好自己赶到警局的卫重明双眉紧皱，沉声问道。

周彦快速介绍了一下案件情况：“今早一知名博主在森林公园随机选人进行游戏互动，恰好撞上一位老太抱着一个大包站在路边。博主想选点和其他节目不一样的游戏对象，便干脆上前套近乎，想让老太帮他完成游戏挑战。按道理来说，正常人如果不想上镜玩游戏直接拒绝离开就好，但这位老太什么都不说，也不离开，就死死地盯着这个博主。博主以为老太没有拒绝自己，为了拉近距离表明自己可以帮她拿那个看起来很重的大包，结果老太异常紧张，浑身颤抖，抱着大包不肯松手。那个博主看老太这样也不敢强求，尴尬地准备离开，谁知老太不肯放他走了，嘴里还一直喊着‘孙子，把我的孙子还给我’。博主以为老太精神不太正常，吓得想赶紧跑，就在两人纠缠间，大包落在地上，拉链绷开，里面的东西全都掉了出来。

“全是钱，一百元的大钞，一共三十万。”

卫重明深吸一口气：“三十万？这老太抱着三十万现金去森林公园干吗？”

周彦闭了闭眼，沉声说道：“后来在警方紧急赶到现场，找回所有现金后，老太才绷不住大哭向警方求救说道，她家孙子丢了。”

卫重明瞬间明白了：“那这三十万……”

“没错，这三十万是绑匪要求的赎金。”周彦顿了顿，苦涩说道，“这件事之所以情况变得格外紧急，是因为这博主早上开的直播，也就是说……现在全网都知道了这件事。”

李局走路带风地闯进会议室：“那博主名气很大，现在案情在网上讨论度很高，舆论走向很不好，刚上面给我打了电话，要求我们马上破案。卫重明，我不管你用什么方法，三天内我们必须要找回孩子。”

“是，我明白了。”

2.

云海小区位处老城区，这一片全是还建房。

卫重明火急火燎地带人赶到老太家里了解情况，才得知这起绑架案的始末。

老太一家有五口人，住在一套三室一厅的还建房里。儿子陈文和儿媳于心要上班，所以平时都是老两口带孙子。

但这周五，于心提前下班，就给家里打电话说自己顺路去接孩子，谁知过了两个小时都还没回家，音讯全无。老两口连打了好几个电话都没人接，后面干脆听到了已关机的提示音。等晚上十点，陈文加完班回到家，怎么也联系不上妻子，大家这才意识到事情的不对劲。

于心，三十岁，父母双亡，平时作为一个普通文员，工作不忙，也没什么要好的朋友，休息时都是窝在家里，从未发生过找不到人的情况，更何况还带着儿子。

就在全家根本不知道去哪儿找人时，陈文的电话响了，是一个匿名电话，电话那头的声音明显处理过，要求也十分简单明确——你的老婆孩子在我手里，准备好三十万，否则你别想再见到他们。

陈文是个普通人，家里也不是富贵人家，三十万这个数额对他来说简直是晴天霹雳。

听着电话那头传来妻子的抽泣声和三岁儿子的哭喊声，他吓得直哆嗦，话都说不明白了。

“我、我们家没钱，你是不是绑错人了……我家真没钱，求求你，放过我老婆孩子，求求你……”

那头的人不再多说，直接挂断了电话。

一家人愁云惨雾，好久都没人开口说话。

陈老太抽噎着直掉泪，陈大爷双拳紧握，嘴巴抿得格外紧。陈文勉强打起精神，拿起手机准备借钱。

“别打，别打电话。”陈大爷突然阻止道。

“爸，这还等什么？不管怎么样，我们先把赎金凑出来。”所剩不多的理智让陈文脑子里别无他念，只剩凑钱这一条路。

一旁抽噎着的陈老太也不甚赞同地看着陈老头：“你平时视钱如命就算了，现在可是涉及我们乖孙的性命安全，你还舍不得钱？”

“我说不救了吗？你们急什么？”陈老头狠狠挥了一下拳，“有钱，咱们家有钱，刚好三十万。”

陈文傻了眼：“家里哪来这么多钱……爸你平时老说家里穷，都是假话吗？”

家里的经济大权一向都掌握在父亲手里，父亲平时省吃俭用，除了偶尔对孙子才舍得花一点。

“三十万很多吗？现在干什么不花钱，没有我来把控，家早被你们败光了！”陈老头气急败坏地说道，“没有我，现在你们拿得出来这么多钱吗？”

陈文不再作声，想到老婆儿子还在绑匪的手里，紧张得双腿直颤抖。

陈老太想必也知道家里的真实经济状况，没在这上面多说什么，只不住地喃喃道：“绑匪收到钱真的会放人吗？我的乖孙……我的乖孙，这是犯了什么罪哦，要遭受这样的苦，只怕都吓坏了……”

没人注意到一旁的陈老头阴沉心痛的眼神。

第二天一早，陈老头就去银行取钱。

陈文本想一起去，陈老头以人太多、取钱金额太大容易引人注目为由拒绝了，然后独自背着黑色的大背包去了银行，两小时后才到家。

陈文来不及埋怨父亲太慢，就背着背包去了绑匪指定的地点——森林公园的西南门。

天气异常炎热，正中午的时刻，西南门并没有多少游客。陈文小心翼翼地把背包丢进了角落处的垃圾箱。

绿色的垃圾箱被数棵大树遮掩得死死的，平时根本不会有人注意到这里还藏了一个垃圾箱。

陈文再次接到电话，电话那头依旧是那个变了声的电子音。绑匪不知道在哪儿看着陈文，要求陈文立马转头打车回家，不许再逗留在森林公园中。

陈文抓紧一切时间，向绑匪求饶道：“我按你的要求一个人来的，也没有报警，求求你，拿到钱放我的老婆孩子回来好不好？我保证，之后也不会报警，我只求我的老婆孩子安全，求求你……”

电话那头没有回话，果断挂掉了。

陈文没法子，只能在西南门打车回家，不敢有一丝犹豫。

回到家后，老两口和陈文焦急地等待着绑匪的来电，陈老太紧闭双眼，求上天保佑。陈老头倒是一句话都没说，双手捏着沙发扶手，不自觉地抠弄着沙发的垫子。

就在紧张静默的氛围中，陈文的电话终于响起，然而让全家都绝望的是，电话那头的人只说了一句话："你耍我！你敢耍我！好得很！"

三人面面相觑，陈文开口想问什么意思，通话却再次被切断了。

这下三人都吓坏了，陈老太哭都哭不出来，直接晕了过去。

陈老头眼神闪躲，似乎在懊悔什么。

等陈老太缓过来，已是一小时后。三人不知道怎么办才好，最终陈文不敢再相信绑匪的话，决定报警。

就在这时，家里的门铃响了，第一声铃响时，陈文还以为自己是幻听。待门铃第二声刚响起，陈文一个箭步飞奔到门口打开了门，居然是于心。

"回来了？是我的乖孙回来了吗？乖孙哟，我的乖孙哟……"陈老太捂着心口从床上爬起，与陈老头一同从房里快步走出。

看到门口只有于心一人，三人都傻了眼。

"怎么只有你？我的乖孙呢？"陈老太不可置信，"你丢下孩子一个人先回来了？"

陈老头狰狞的面容称得上恐怖："孩子呢？你怎么敢一个人回来？你还是当妈的吗？"

陈文也焦急地想问清楚情况，但看到于心苍白的面孔、茫然的神色，有一丝不忍。他把妻子先拉进屋子，让她坐下，这才急不可耐地开口道："心心，孩子呢？你从哪里回来的？为什么只有你回来了？"

于心低着头，在老旧的白炽灯下，神色晦暗不明。

"说话，你说话啊！"陈老太扑上来撕扯着于心，被陈文轻轻拉住。

终于，在三人期盼的目光下，于心开口了。

“绑匪说，只给了一半的赎金，所以只放一个人。”声音很低，但在安静的屋子里，没人听不清。

“一半的钱？”陈文惊讶道，瞬间看向自己的父亲。

“平时你抠门也就算了，现在涉及我们乖孙的安全，你也这么……”陈老太彻底说不出话来了，哭天喊地，嘴里也不知道在咒骂着谁。

“我这不是怕绑匪说话不认账吗？”陈老头起先还有些心虚，随后似乎想到了什么，声音大了起来，“再说，我明明写了纸条向绑匪承诺，只要把孩子放回来，剩下的钱我马上给。谁知放的是她？”

陈文简直像第一次认识自己的父亲。

“为什么是你？是不是你求绑匪让你先回来的？”陈老头面红耳赤，似乎于心只要敢微微点头，他就要一巴掌打过去。

于心终于抬头，麻木地环视一圈面前的三个人，最终把视线放在了陈文身上。

“绑匪说，再给我们最后一次机会，明天早晨八点，让妈独自带着三十万去老地方交钱，否则我们别想再见到孩子。”

“还要三十万？”陈老太惊呼，转身就去捶打陈老头，“都怪你，都怪你！我的乖孙要是有什么事，我看你怎么办。”

陈文抖了抖唇，似乎想说什么，但又什么都没说。

而于心好像用尽了全部的力气，无论如何都不再开口了。

次日一大早，陈老太就拿着紧急借来的十五万重新凑成三十万装进大背包里，七点半，她抱着大背包站在了森林公园的西南门。可不凑巧的是，这天早晨一直都有晨练的人在旁边徘徊。

陈老太抱着背包，看谁都像坏人，完全不敢把包扔进垃圾箱。就在这时，那位知名博主选中了她做直播间的互动嘉宾，再然后就是三十万现金在拉扯中撒了一地，被警方知道了。

卫重明听完案件始末，简直不敢相信，二十四小时的黄金营救时间就这样被浪费了，真是一屋子法盲。

但作为一线的老警察，他快速抓到了重点："三十万？绑匪怎么知道你家刚好能拿出三十万？还有谁知道这件事吗？"

陈文一脸茫然，紧接着猛摇头："我都不知道，还有谁能知道？"

屋内众人下意识地回头，看向陈老头，陈老头也马上摇头："没有，我知道财不外露，没告诉任何人，我老伴儿都只知道家里有点存款，但不知道具体多少。"

"您这保密工作也做得太好了吧。"旁边的周副队没忍住插了句嘴，被卫重明狠狠瞪了一眼。

难道三十万赎金真是凑巧？卫重明暗想。

"于心呢？她人呢？"

"在房里，她回家后就几乎没说过话，估计是被吓傻了。"陈文小声说道。

老两口仿佛被按下了一个开关，开始破口大骂。

"要她有什么用？当妈的连自己的孩子都保护不好，我要是她，我怎么求绑匪都不会一个人先回来！"

"您老少说两句吧，她也是受害人，第一次遇到这事儿，她估计也吓坏了。"陈文小声劝道。

陈老太狠狠瞪了陈文一眼："你是我儿子，怎么老帮一个外人，何况现在你儿子下落不明，你怎么看起来一点都不急。"

"我当然急，我只是……"陈文小声说道。

"只是什么？"卫重明直勾勾地盯着陈文。

"没什么。"陈文发出低不可闻的声音，好像生怕再被卫重明注意到。

卫重明深深看了他一眼，走进陈文和于心的卧室，看到于心双手环抱着双膝，头埋在双膝中间。

“于心，你好，我是特警大队的队长卫重明，来调查绑架案的。你还记得绑架案的经过吗？”

于心抬头，愣愣地看着卫重明，过了好一会儿，突然发出了尖锐的惊叫声。

卫重明和周成吓得一抖，陈文连忙跑进来，问道：“怎么了？怎么了？”

他半跪在床上，把于心抱在怀里，小声安抚道：“没事的，没事的，他们都是警察，是好人。”

看着于心埋着头浑身哆嗦的样子，卫重明有些烦闷，不知该怎么继续问话。毕竟于心是受害者，又不是犯人，不能用审犯人的那套。

周成不知道想到了什么，突然开口道：“听说城西开了一个非正常心理研究所，之前有过心理创伤的受害者都被送去诊治过，后面都恢复正常了，要不咱们也把于心送去试试？”

卫重明看看于心崩溃的样子，一向不信他人的他，还是点头同意了。

周成带几名女警把于心送往非正常心理研究所，走之前陈老太还不断追着嘱咐一定要问出她乖孙的下落，无论用什么办法。

陈文欲言又止，最终还是什么都没说，眼睁睁看着于心被送走了。

3.

于心这边暂时还未得到任何线索，时间紧迫，卫重明在落日时分赶到森林公园。

森林公园门口已被排查了好几轮，周边不少居民听说这边出了大案，纷纷过来看刑警们搜查线索。

距离第一次交赎金已经过了整整一天，森林公园又是免费开放，进出的人员太过杂乱，根本不能缩小嫌疑人范围。

卫重明也没浪费精力，直接去了公园的警卫室。

“西南门的监控视频有吗？”

“警察同志，这个问题上午就有人来问过了，不是我不给，实在是我无能为力啊……我们这公园年久失修，里面的许多设备都已经老化。西南门也不是我们的正大门，人流量是四个门里最小的，所以三个月前我们发现这个监控的储存卡坏了，想着也没太大关系，就没有及时修……这个监控只能回放自动上传云存储的半小时的视频内容，新出现的画面会自动覆盖前面的画面。上午事情发生后，已经有一个警察同志过来查过录像了，但只是刚好看到大家帮陈老太捡钱的场景。”

卫重明把眼睛一眯：“这么巧？三个月前坏的？”

“是，是的……我们三个月前就已经上报了，但领导不重视，我们也没办法呀。”

“平时你们这个警卫室有多少人守着？”

“一般就一个人，我和老王，就是王谷丰，轮流换班。昨天是他值班，今天早上八点我来换他，到明天早上八点他再来换我。”

“一直都是这个排班吗？”

“没有什么意外的话确实是这样，一人一整天。”

“守一整天不累吗？”

“瞧您这说的，连上二十四小时班哪有不累的，但一般晚上没啥事，我们就在那张折叠床上眯一晚上，所以倒也还好。”

“王谷丰这人怎么样？”

“老王是个老好人了，平时一直都和和气气的，有一段时间我老婆生病住院了，他二话不说帮我顶班连上了三天，我没见过比他更乐于助人的人了。”

卫重明从警卫室出来的时候眉头紧皱，显然一副有心事的模样。

周成在旁边试探：“怎么了？觉得这个王谷丰有问题？”

“你不觉得很奇怪吗？绑匪那么多地方都不选，偏偏选这个森林公园的西南门，可见绑匪对森林公园很熟悉。再一个就是这个交钱的时间，第一天是中午十二点，今天却是早上八点，刚好他们俩今天早上八点交班。”

周成吞吞吐吐道：“确实，似乎就是打算交完班不声不响地顺路摸过去，神不知鬼不觉地拿走赎金。”

卫重明若有所思地重复道：“刚刚好的时间，熟悉的地点……走吧，我们去会会这个王谷丰。”

两人赶到王谷丰的居住地，发现这并不能称作是一个家，五层的破旧筒子楼里挤着上百人，好多都是几个人合租在一间二三十平的房里，睡的都是上下铺，共用一个小卫生间。

王谷丰住在三楼的合租房里，好不容易下班，但他并没有回来。同屋的几个人看到警察进来找人，都十分紧张戒备。有人小声向他们解释道，最近王谷丰的孩子生病了，他一直都住在医院陪孩子。

卫重明和周成无法，只得又赶去医院，等到了医院已经晚上九点多了。

刚看到王谷丰，两人都感到十分意外，只因王谷丰身材矮小，比平常男性瘦弱了整整两圈。

这怎么看也不像是一个绑架犯，毕竟不只有三岁的孩子，还有一位成年女性。于心的身材与平常女性无异。一个如此孱弱的男人怎么也不能同时制服于心和会哭闹的孩子。

迷药？或者利用工具打晕？

那在哪里实施犯罪行为？运送人质的交通工具又是什么？

这王谷丰可没有车，据说还不会开车。

王谷丰是农村人，因身体原因从小就没法干农活，所以只能来城里打工。他在老家娶了妻子，但城里的租金太贵，他干脆让妻子带着孩子在老家生活，他赚的所有工资都寄回了家。最近孩子生病了，农村的诊所看不好，他才把孩子接到城里给孩子治病。

卫重明看着面前这个惶恐得手都不知道往哪儿摆的男人，没有办法再继续问下去。

无论怎么想，这个男人也不像嫌疑人。

线索再次断了。卫重明心里重重地叹了口气。

周成看着床上的小男孩，他似乎是受病痛的折磨，即使睡着了也不自觉皱着眉，面色苍白，呼吸微弱。

“这是……得了什么病啊？”周成于心不忍地问道。

“骨癌……”说到孩子，王谷丰反而淡定了下来，即使没人接话也马上说道，“医生说只要积极配合治疗，还是能够治好的，要先做化疗试试看……”

“孩子妈妈呢？”

王谷丰哽住，好一会儿才回话：“回老家借钱去了，化疗每个疗程都要好几万，然后后面开刀可能也要很多钱……”

卫重明突然插话：“一共需要多少钱？”

王谷丰不吭声，不住咽着唾沫，好半天终于吐出三个字：“二十万。”

周成深吸一口气，没再说话。

筹集到这笔钱对于这样的家庭来说，简直就像一个不可能完成的任务。

卫重明没有什么问的了，两人沉默地离开了病房后，周成才恳切说道：“希望能治好。”

卫重明轻轻点头，不知道在想什么。

“回警局后，你去查查王谷丰的老婆是不是真的回老家了，什么时候回去的，王谷丰这几天有没有回去过。”

周成不解：“你还在怀疑王谷丰吗？他怎么看也不像绑匪。”

卫重明没忍住，刚一离开医院范围就抽出了一根烟。

他的烟瘾不大，但今天从睁眼跑到现在，感觉无数个线索碎片被一根隐藏的线牵在一起，可他怎么也抓不到这根线，有一些心烦气躁。

三岁的孩子太小了，时间越久，平安救回来的机会就越小，实在是令人揪心。

4.

回到警局，近半年于心所有的通信记录、聊天记录都被整理了出来，摆在卫重明的面前。

周成看着这近乎 10 厘米厚的打印纸，头都大了好几圈。

卫重明快速地翻阅了一遍所有的记录，觉得有些棘手。

于心几乎没有什么个人爱好，与她联系最频繁的是她的老公陈文，但两人的话题通常都是围绕着孩子和日常生活，几乎不涉及任何其他。

她还加了好几个妈妈群，曾在群里问过孩子发烧怎么应急处理，孩子三岁手指操作不协调是否正常等问题。

唯一比较例外的是，她的微信收藏里有几个关于婆媳关系的推文，内容都是告诉大家如何对付婆婆引导孩子远离母亲，或者如何阻止公婆溺爱孩子、偷偷给孩子喂零食的行为。

卫重明夹着烟，疲惫地呼出口气：“这些对话对于一个普通妈妈来说，都是再正常不过的。”

他转身询问其他几个今天负责调查陈文一家的下属：“你们今天有查到什么吗？陈文一家有什么经济纠纷或者得罪过什么人吗？”

“没有……他们一家一向生活节俭，也没有任何借贷往来，左邻右舍、亲朋好友都不知道他家真实的经济状况。至于得罪什么人，也不至于，所有人对陈文的印象都是老实，甚至有些懦弱，从不出风头，也不会与人为敌。陈老太倒是和邻居处得不算很好，在小区里和好几位老太太都有过口角，但不算严重，顶多碰面后装作看不见再也不打招呼。

“不过所有的邻居都曾说到一点，陈文是个大孝子，这是陈老太挂在嘴边的话。”

“大孝子？怎么孝顺的，说来听听。”

“陈老太常说，陈文对她非常孝顺，工资都放在她手里保管，不仅如此，但凡她和于心有口角，陈文一定会站在她的那边。说这些话的时候陈老太非常得意，似乎是在为自己教出来的儿子自豪。这也难怪，今天我们上门时听到他们一家那样对于心，平时肯定更没少挤对她。哎，太可怜了，无父无母，没有人能帮她撑腰。”

卫重明没作声。

就在这时，周成急匆匆地冲进了办公室。

“重明，你猜怎么着？我刚查到王谷丰老婆一个星期前坐大巴回老家去了，正如王谷丰自己说的，他老婆回去后就开始找人借钱，但只借到一万左右，这点所有亲戚都能给他家证明。

然后王谷丰的行动线也是正常的，上一天班隔一天就去医院守着孩子，医院的监控都能看到。”

看着周成隐隐兴奋的表情，卫重明知道他定是发现了什么。

“快说重点。”

“重点就是，我在查王谷丰老家的时候，发现于心的老家也在那里。”

卫重明猛地抬眼，一个箭步就冲了出去。

第二天一早，非正常心理研究所终于开放了病房访问。

卫重明和周成走进病房，发现了病房上贴着的温馨提醒。熬了个通宵查阅资料的卫重明红着眼嗤笑，果然他不该寄希望于从于心嘴里问出点什么。

但进了病房，卫重明和周成脸色瞬间变了，周成背上甚至出了一层细微的冷汗。

于心根本不在病房。而进病房前，他们已经和研究所的护理人员确认过，于心一直待在病房，也没其他人来看过她。

也就是说，于心不见了。

虚空中仿佛有根绷到极限的弦，猛然断了。

“赶紧去找王谷丰。”卫重明听到自己沉重的声音，“或许这个案子，比我们想的要简单一些。希望事态还能挽回吧。”

二人再次赶到森林公园，却发现今天并不是王谷丰值班。

“老王今天有事，我帮他值一天班。老王难得请我帮忙一次，我肯定要帮啊，他可是个老好人，害怕麻烦别人，轻易不求人的……”

卫重明直接打断道：“你知道王谷丰的孩子生病了吗？他找你借过钱吗？”

李元蒙了一瞬，迟疑着开口：“我不知道啊，孩子怎么生病了？严重吗？借钱倒是没有……他知道我没钱，我家女儿正准备高考呢，上大学太费钱了，我都准备向老王借来着……”

似乎突然想到了什么，他又接着说道：“难怪，他说他老婆昨天来城里了，今天凌晨又得赶回去，问我知不知道开黑车的司机，可以帮忙送一下。他老婆是来照顾孩子的吗？那怎么又赶回去了呢？”

卫重明与周成面面相觑，表情十分微妙。

“不可能，我昨天晚上打听王谷丰他老婆杨云的行踪时，他老家的亲戚告诉我，杨云正在家中四处借钱。难道是连夜赶到城里看孩子？”

半晌，卫重明才开口道：“可能不是他老婆。是陈文的老婆，于心。我想，我知道被绑架的孩子在哪儿了。”

5.

天阴沉沉的，车外暴雨瓢泼，众人因地势不熟，路也不好走，车并不敢开快。

等好不容易赶到王谷丰老家的矮房子前，傍晚的天色却暗得像已经入了夜。

众人下车，踩在水坑里的脚步声噼啪作响。

卫重明推开木房门，昏暗的灯光下，杨云头发凌乱，脸色煞白。屋外雨声嘈杂，屋内却异常安静。小小的老房子里挤了四五个刑警，却无一人随意开口说话。

卫重明那双微微上挑、因狭长而显得有些锐利的眼睛略微眯起，闪烁着一丝微光。

忽然，屋后一墙之隔的小卧室里，传来一声轻微的咳嗽声。

众人神色紧绷，杨云略有些茫然，抓紧衣角不知道该说些什么。

没过一会儿，于心从屋里走出来，站在房间正中间，扶着小方桌的边缘。

昏暗的灯光在于心脸上来回晃荡，她的面色似有些阴沉。但等卫重明走近，在小方桌前坐下，他又觉得于心十分坦然，甚至带着一丝“果然如此”的神态。

“孩子在里面吗？”

“嗯。”

“你为什么要配合这次绑架案？或者说，这次绑架案本就是你自己策划的？”

“没错，这一切都是我策划的，是王哥配合我，杨姐甚至都不知道发生了什么，她还以为我是婆家待不下去，回老家散散心的。”于心轻笑了一声。

“我们查到你和王谷丰都是同一个地方出来的人后，马上查了下你们之间的联系。真要追溯的话，你小时候应当还在王家住了一段时间，是吗？”

“是的，小时候……我们这里发生了一场损伤极大的洪灾。”于心微微仰头，双眼盯着那盏发出微弱声响的灯泡，思绪好像回到了很久以前，“我的阿爸运气好，找到了一块破破烂烂的门板，但门板承重有限，为了活命，他将我从那块破破烂烂的门板上推进了洪潮当中。当时我被抛下木板，根本不知道这意味着什么，只会傻傻地看着阿爸，我的阿妈先是不敢相信，但随即就跳了下来，牢牢牵着我的手，我感觉我的手被捏得很痛。我们眼睁睁地看着那块木板载着我的阿爸漂远了。”

“周围很黑，除了水流声什么都没有。阿妈一手拉着我，一手拉着周边的藤蔓，渐渐没了力气，但她始终没有放手。不记得等了多久，天终于亮了，洪潮退去，我们幸运地活了下来。”

“你的父亲呢？”周成没忍住问道。

“我不知道，也许是报应，他死在了那场洪灾里。也许是无颜再出现在阿妈和我的面前，他迁去了别的地方安家。总之，我再没见过我的阿爸。是王大哥他们一家收留了我和我妈，帮我们重新搭建了一个新的小家。

“那时我总想着，没了阿爸也没关系，我也能让阿妈过上好日子。只要我多干点活儿，阿妈就能多休息会儿。但有时我偶然间回头，会看到阿妈漠然地看着我，甚至不自觉出现一些扭曲的神态，当时的我不懂。”

卫重明从荷包里拿出烟盒，抽出了一根带点潮气的烟。他的手指克制地摩挲着烟，却没有点燃的意思。他没有在执勤过程中抽烟的习惯。

“我的阿妈长得白净，干活又利索，周边好多婶娘都上门帮忙介绍新的丈夫，但她一个都没选。我曾听过她对其中一个婶娘偷偷说，我是个女娃，怕后爹看轻我，对我不好。从那以后我决心努力干活，抓住机会来城里打工，还认识了陈文。

“陈文是个老实人，有点木讷，恋爱许久我们都不温不火，没什么特别的回忆。但没想到一年后，他向我求婚了。那时他认真地对我说，他想给我一个家，我同意了。

“从此，我重新有了一个完整的家，有我的妈妈，有我的爱人，直到我得知自己怀孕的那一天。”

卫重明还是点燃了香烟，烟雾在昏暗的房间内仿若穿越过去的命运之线，带众人回顾了一个女孩被抛弃又被拯救，却又再次被抛弃的一生。

“阿妈自从那次落水后，身体就不好，一直患有咳疾，本已经有所好转，在得知我怀孕后，又严重了起来。我的婆婆很嫌弃我的阿妈，生怕她的病对我肚子里的孩子造成影响，就不准我再多去我阿妈那里了。”

想起阿妈因为疾病久治不愈、躺在病床上的样子，于心双眼通红。

那时候她发现阿妈得了肺癌，明明还有一线生机，她难得低下身段，回家哀求丈夫借钱给她阿妈治病，但陈文支支吾吾，就是不愿意拿出钱来。

后来她才知道，是她的公婆撺掇着她的丈夫，交出了他俩共同账户里的所有钱，然后卖了他们当时居住的一居室，去买了现在这套三室一厅的还建房，就为了日后她的公婆可以搬过来和自己的儿子、孙儿一起住。

这个共同账户里，是他们结婚时双方父母给的彩礼与嫁妆，一共十六万，其中十万是她的阿妈省吃俭用硬存出来的。明明彩礼才六万，她的阿妈却倾其所有，一分钱都没有给自己留，全给了她，全给了她的小家。

阿妈没过一个月就去世了，于心当时肚子里的胎儿已经有八个多月大。

她家没有亲戚，她也没有什么朋友，在公婆的嫌弃中，她大着肚子简单操办了葬礼，让母亲入土为安。

陈文可能是觉得心中有愧，一直说以后有钱了再给她阿妈换个好点的墓地，她也不置可否。

人死前没有尽孝，死后又何必去计较仪式是否风光呢？

又过了一个多月，儿子生了下来。她侧头看着身边那小小的一团，哭声是那么细弱。

病床周边围着一圈丈夫的亲戚，大家指着她的儿子赞不绝口，所有人都兴高采烈，连陈老太都难得给了她好脸色，她却感觉自己好像回到了那个泡在洪潮里的黑夜，看不清四周，只有止不住的水声，汹涌的水流卡着她的脖子，让她窒息。

就这样吧，以后的日子就这么过吧。

她闭上眼，认了命。

公婆与他们一起居住了三年，她冷眼看着他们一家其乐融融的场景。她是外人，这早已不是她的家。

她突然就想起了多年前阿妈无意中流露出的扭曲神态，她终于懂了，她的阿妈爱她，却也厌她，因为看到她就想到了她的阿爸抛弃她们的那个黑夜。

就好像她现在看到自己的儿子，她割舍不下他，却也永远都没办法完全投入地爱他。明明是她怀胎十月拼着命生下来的孩子，却也因为他，她失去了她好不容易才有的家，甚至还失去了她的阿妈。

“所以，你策划这起绑架案的契机是王谷丰的孩子生病，找你借钱是吗？”卫重明轻声问道。

“一个月前，我无意中撞见我公公去银行存完钱回家，他们作为老一辈，还是习惯用存折去柜台办理，回来后他没有马上把存折锁起来，而是不小心放在餐桌上去干别的事了。他并不知道那天我提前回了家，更不知道我看到了桌上的存折。我知道家里并不像我公公常说的那样穷苦，但我没有想过家里原是有这么多存款的。”于心含着泪水笑了笑，“我的阿妈本可以不用死的，明明有三十万，却连十万都不愿意还给我。所以当后来再次遇上王哥，他对我说了他孩子的事后，我魔怔了般想把这笔钱讨回来，去救人。”

“你知道你被绑架，陈家绝对会果断报警，不愿意交赎金，只有带着陈家三代单传的儿子，才能让他们方寸大乱，只求孩子平安归来，是吗？”

于心轻轻点头。

“可你没有想到，即使这样，你公公还是只愿意给一半的赎金，让绑匪先把你的儿子放回去。”卫重明沙哑地叹了口气。

里屋突然传出一声尖锐号哭，是小孩子的声音。

于心慌张站起身，腿还有点软，但没有任何耽误地进了里屋。没过一会儿，于心抱着孩子出来了。

一直在旁边沉默着的杨云胆怯地问道：“娃烧退了吗？”

“退了，只是身体还有点虚，刚睡醒没看到我，又有点受惊了。”于心低垂着眼，向卫重明走近，“警官，我们回城里吧，孩子生病了，我们先回去找医生……之后该怎么样，就怎么样吧。”

“妈妈……妈妈……”小孩子可能预感到了什么，突然抱着于心的脖子哭了起来。

“是妈妈不好，明知道你身体不好，还让你吃了这么多的苦……是妈妈不好。”于心再也忍不住，一串泪珠无声地滑过她的下颚，掉落在了地上。

6.

卫重明和周成沉默地带着于心回了城。得到通知的陈家人一窝蜂地赶到了警局，陈老太抱着孙子痛哭。

陈文了解到的事情真相比老两口要全，他看着于心苍白的面色，努力挤出一丝微笑，上前揽住脆弱的妻子：“安全回来就好。”

他又想了良久，磕磕巴巴地补充道：“你放心，以后我会努力多赚点钱，重新买个小房子，那会是只有我们一家三口的家。”

于心空洞的目光终于挪向了他，喉咙里慢慢渗出哀泣，随即变成了极端压抑却又无处发泄的哀号。

陈文拍了拍妻子纤薄的身体。

不远处的卫重明与周成看着这个场景，周成忍不住叹气道：“这案子算完了吧？不知道于心会如何……希望法官能看她可怜，又没造成不可挽回的错误，判轻一点。”

卫重明拿出手机，发出让朋友负责的福利机构去帮王谷丰筹集手术费的短信后，吐出一口浊气：“会的，法律之内，是有天理人情在的。”

CHAPTER 008

8 号病房病人档案

姓名：[redacted]

性别： 女

年龄： 27 岁

病症名称： 幻想症

病症表现：

因对过去的选择有强烈后悔的执念，患者右半脑产生一种脱离现实的幻觉，通过不断自我暗示平行时空的存在，导致记忆紊乱、自我身份认同紊乱。

[redacted]

(D) TOP ~~SECRET~~ SPECIAL HANDLING

病房008

裂变

THE EIGHTH WARD

文/陆则静

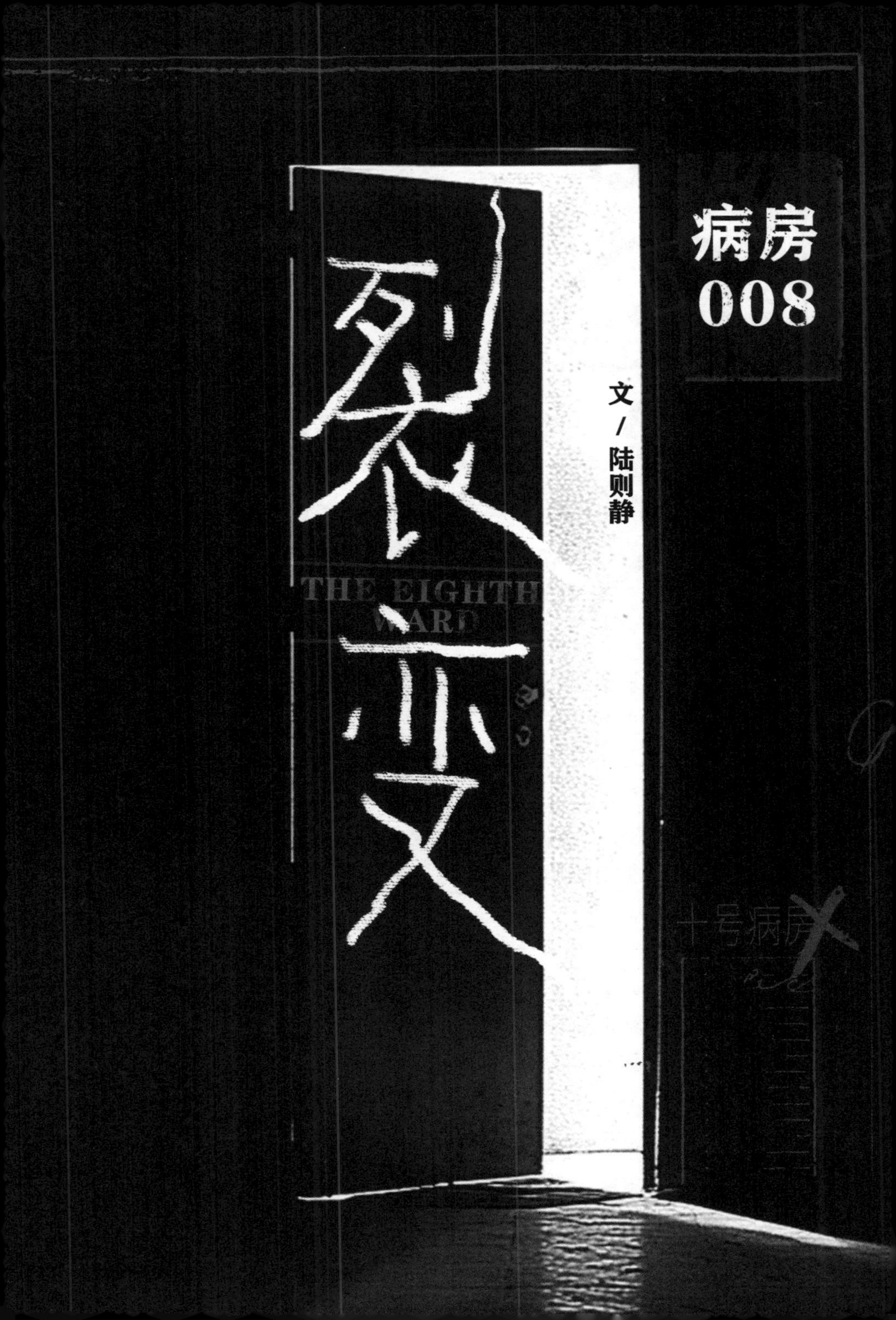

裂变

THE EIGHTH WARD

文/陆则静

1.

“张姝雅女士，你是从什么时候发现自己可以通过镜子看见这世上的平行时空的？”

昏暗的治疗室内，张姝雅穿着一身蓝白条纹的病号服，耷拉着头坐在沙发上。或许是太久没有正常进食的缘故，她瘦得已经有些病态，手臂上的皮肤像是薄纸一样，血管清晰可见。

这让人很难将她和照片上那位明艳妩媚的美女模特张姝雅联系起来。

病历本记录着关于她的详细资料：张姝雅，女，年龄二十七岁，入院时间 2017 年 8 月 17 日。

该患者最害怕的物品是镜子。

据说，张姝雅犯病时，在镜子前一坐就是一整天，她说自己能够通过镜子看见另一个平行时空里的张姝雅。与她不同的是，那个张姝雅的人生幸福顺遂，让人羡慕。

2017 年 6 月 7 日是张姝雅第一次犯病，她企图通过撞碎家里的镜子到达平行时空，成为另一个张姝雅。她的丈夫瞿松青发现她的自残行为后不知该如何是好，在母亲肖雪芳的建议下，母子二人将张姝雅带去了一个所谓的“高人”家里，做了一场法事。

结果张姝雅不但没有被“高人”治好，反而因为被刺激，病情变得更加严重，在 2017 年 8 月初做出了伤人行为。于是，瞿松青不得不把张姝雅送来青俞山疗养院治疗。

张姝雅入院一年多，瞿松青来这里的次数只有两次，一次是把张姝雅送进来的那天，第二次是瞿松青来院里办点事，顺道看了一眼张姝雅。自那以后，瞿松青就再没来过疗养院。

张姝雅被彻底遗忘在这座牢笼里。

两个月前，我入职的电视台要筹备一档有关心理疾病的访谈节目，我借着这个由头，整理出张姝雅的相关新闻，向上级提出申请。恰好青俞山疗养院的李主任跟我的上司是同学，他听说我们要筹备一档和心理疾病相关的节目，立刻与我们约见沟通。

饭局上，李主任语重心长地跟我说：“小何同志，你也知道那张姝雅是我们院的头号患者，你想去采访她，很危险啊。”

他想劝退我。但越是这样，我就越想采访，我想弄清楚张姝雅身上的秘密。

“李主任放心，我肯定会遵守你们的规定，绝不给你们添乱，并且在后续的报道里肯定会多帮疗养院宣传。”

酒过三巡后，李主任终于同意我们进行采访，他对我千叮咛万嘱咐：“绝不能让张姝雅看见镜子，你们随意聊几句就好，采访时间也必须在规定的二十分钟内完成。进去之前我给你一个计时手环，时间一到我就派人带你出来。”

我和同事慕桓自然是连连点头答应。

饭局过后，慕桓在开车送我回家的路上跟我打趣："静云姐，要我说李主任同意这次采访全靠你这张脸啊。自古英雄难过美人关，李主任想不同意都难。"

此刻，我坐在治疗室内，不由自主地伸手揉搓了一下脸上的口罩。随即我清了清嗓子，用温柔的语气问："张姝雅女士，你能听见我说话吗？"

她缓缓抬起头，与我四目相对，顿时我的心脏像是被刀割了一样痛。

这样凌厉的目光实在让人胆寒。

"你不是医护人员？"

我以为张姝雅疯疯癫癫，我穿了白大褂伪装成新来的医生，她肯定无法看破，没想到她竟然拆穿了我的伪装。

"我的确不是医生。"

张姝雅抿唇轻笑，她明明没有涂口红，唇却过分红艳，像是樱桃。

"不是医护人员来我这里，是为了听我说故事？"她实在聪明，一点都不像疯子。

"不用在心里夸我聪明。"

好吧，这也能预料到。

"这间屋子除了医护人员和送饭的工作人员，就再没其他人来过。"张姝雅将头发卷在食指上把玩，眼神里带着一丝挑衅，"你能从外面进来见我，你一定很有手段吧。"

我从包里摸出名片递给她。

"何静云，青俞市电视台的工作人员？"张姝雅拿着名片读出信息，用怀疑的目光盯着我，她伸手指了一下我的脸，"你为什么戴口罩？"

“我感冒，怕传染他人。”我解释道，“张姝雅女士，我们正在筹备一档心理疾病访谈节目。对于你的故事，我们想要深入研究，能够让观众们了解更多的心理疾病，也许还能起到一定的预防作用……”

张姝雅伸手做了一个暂停的手势。

“我没病。”她坐直身子，目光坚定地看着我，“也许你会觉得精神病院里的病人说的话都不可信，但我想告诉你，我没病。我看见的是事实，我跟很多人都这么说，即使没有一个人信我。”

我面带微笑：“我会相信你，因为我跟他们不一样。”

“哪里不一样？”张姝雅好奇地问。

“等你说完你的故事，我会告诉你为什么不一样。”

张姝雅微微颔首：“有意思，那你要仔细听。”

我想到在进来之前，李主任对我的警告：“不要相信病人口中说的任何故事，一旦相信或者思考，你就会被同化。”

我的手在袖子里悄悄地按下计时器，二十分钟倒计时开始，张姝雅的故事也随之而来。

她说：“我能通过镜子看见平行世界，是因为我的人生发生了裂变。”

我停住记笔记的手，抬头看向她。

“你知道裂变是什么意思吧？像是细胞的分裂，变成一个、两个。细胞分裂又包括有丝分裂、无丝分裂、减数分裂……但我的裂变没有那么复杂，只需要做一个选择。”

2.

张姝雅人生里的第一次裂变，是她十岁那年，她的父母让她做了人生中第一个重要的选择题——爸妈离婚了，她愿意跟着谁生活？

年幼的张姝雅望着严厉的母亲，心里充满了胆怯。

在她的记忆里，母亲何佳喜从未露出过笑脸，在其他人的母女关系里，母亲总是亲昵地叫女儿“宝贝”“乖乖”，再不济也是小名昵称，类似于雅雅。但她的母亲总是叫她张姝雅，语气也很冷酷，如同在喊一个陌生人。

张姝雅问过母亲，为什么不愿意叫自己宝贝，但母亲的解释让她觉得很牵强。

“我觉得过度宠溺会让你难以独立。”

年仅十岁的张姝雅当然不能理解这句话的含义，她只觉得母亲可怕。明明是亲人，却要装作冷漠的样子，难道只有这样，大人才能获得属于自己的威严，以此来镇压小孩吗？

小孩总是害怕严肃的大人，如果让她跟着严肃的母亲生活在一起，那就好像生活在高压锅里。

张姝雅认为如果跟着母亲一起生活，她一定会被压得像是饭桌上那碗软烂脱骨的排骨汤。

相比之下，张姝雅认为父亲显得更加和蔼可亲。因为父亲会给她零花钱，还会对她微笑。

因此，张姝雅只思考了一分钟就伸出手，指向父亲张望龙。得到答案的母亲丢下一声冷笑，头也不回地走掉了。

从此以后，她的世界再也没有高压锅，她感觉家里的空气都变得清新不少。

没有母亲的存在，张姝雅可以做一个幸福快乐的小孩。她再也不会被人逼着写作业，她可以自由自在地玩耍，哪怕忘记写作业被请家长，父亲从学校回来也不会责骂她。

“那时我觉得，我做了人生中最正确的选择。”张姝雅对我感叹道。

这个故事的后续不用问她，我也能猜到："你的父亲并不在意你的成绩，他也不关心你今后的人生。因此依你的成绩勉勉强强地读完初中，你就没有再继续读书了。同学们都进入了高中，而你选择早早进入社会。"我将语气放得轻缓，尽量不去刺激张姝雅，"这就是你人生中的第二次裂变？"

她平静地听我说完猜测，然后对着我打了一个响指："没错，我不喜欢读书，我的成绩也不好，所以我选择去打工。"

我摇头："不是这样的。"

张姝雅好奇地看向我，她在等我解答。

"刚才你跟我提起过细胞分裂包括有丝分裂、无丝分裂……这是属于初中生物课的知识。如果你真的不爱学习，你怎么可能记得这个？"

张姝雅蹩脚的谎言被我拆穿，她无奈地撇了下嘴角："也许这是我无意间在书上看见的，我记忆好，刚好记住了。"

我再次拿出证据："来之前我调查过你，你的初中生物老师夸过你，全班四十个人里，只有你的生物考试分数接近满分。以至于那么多年过去了，你的生物老师仍然记得你。你并非成绩很差，而是你故意让成绩变差的。"

张姝雅的手不自觉地摸了一下脖子。我曾在一本心理学的书上看过，女性撒谎特征与男性不同，男性喜欢摸鼻子或者下巴，女性则喜欢摸脖子或者手腕。因为这两处的肌肤最为脆弱，她们是在安抚自己。

我拆穿了张姝雅的谎言，这让她有些紧张。

"能告诉我，你为什么要这么做吗？"

其实我知道答案，但我必须问她，让患者有掌控权，她的情绪才不会崩溃，就没那么容易攻击他人。

"他不希望我的成绩太好，他说我太优秀，就会像我母亲一样离开他。他很在乎我。”

这个答案让我有些震惊。在我的资料里，张姝雅装作自己成绩差，是因为她父亲离婚后原形毕露，一改之前的和颜悦色，甚至染上了酗酒和赌博的恶习。

她在青少年阶段几乎是在被殴打之中度过的。

为什么在她的描述里却变成了这样？殴打变成了在乎？在她的世界观里，这是父爱的一种表现吗？

看见张姝雅飘忽不定的眼神，我认为我不能揭穿她这一次的谎言，我应该顺从地听完她口中的故事。

3.

第二次裂变是在张姝雅初二那年。

她的月考成绩排名年级第五名，这本该是一件值得庆祝的事情。她的生物老师是他们同一栋楼的邻居，那天放学后她和老师正好走在一起，两人有说有笑地畅想她的未来。生物老师建议她可以去县城里读高中，毕竟镇上的师资力量有限，像她这样的孩子注定是要奔向大城市的。

他们笑嘻嘻地走进小区，正巧碰见张姝雅的父亲。

生物老师是个自来熟的性子，一看到张姝雅的父亲就对他夸奖张姝雅，还说以张姝雅的成绩如果再努努力挤进年级前三，是可以被保送去县城高中的。父亲完全没有领情，黑着脸把张姝雅拽进屋。

“你那个不像样的妈抛下我走了，现在连你也要抛下我？”

“爸爸，我不会离开你的，我只是出去上学而已……”

“上学？你妈妈就是因为比我多读了几本书，处处看不上我，看不上我，为什么要跟我结婚？”

张姝雅被父亲这生气的样子吓到，她没想到父母离婚的事情已经过去三年多，父亲还一直抓着不放。

她知道父母离婚的原因是因为母亲一直都对父亲颐指气使，每次都居高临下地批评父亲的缺点，例如，不爱干净，不主动多学点有用的知识，一天到晚只知道干那个不赚钱的破工作。

尽管母亲多次数落父亲的坏毛病，从未真正瞧得起父亲，但家里的家务活她一个没落下，那双纤纤玉手越来越粗糙。

“爸爸你放心，我会努力读书考个好大学，找个好工作，然后就把你接出去，我们不住这个小地方，住大房子……”

话音未落，一向慈爱的父亲甩了她一巴掌。她的脸颊火辣辣地痛，不过须臾就出现鲜红的五指印。

“连你也看不上我的房子？我一年到头起早贪黑，从不偷懒，就因为我没有别人聪明，赚不到大钱，让你们住在这种房子里，是亏欠你了？”

她愣在原地，父亲顺手又拿起藤条开始抽打她。

“你不许走，你也别去读高中了，初中读完就找个班上吧。”

慈父的形象在她的心中轰然倒塌，她的父亲竟是比母亲更恐怖的魔鬼。

她想，早知道当初就该跟着母亲。母亲虽然严厉，却从不动武。母亲不止一次地告诉她，在任何时候暴力都只是无能者的行为，暴力解决不了任何问题。

在那一顿殴打中，张姝雅知道了一个真相，父母的离婚也许远远没有她想的那么简单。

“那根藤条上有血。”张姝雅的眼睛直视着我，像是在说一个鬼故事。

我听得心惊肉跳：“他拿藤条打过你母亲？”

张姝雅点点头：“可能是的。”

“我母亲一直是一个好面子的人，哪怕她被自己的丈夫家暴，她也不可能让外人知道，甚至不会让我知道。”说完，她又似想起什么，对我补充道，“我记得在他们没有离婚前，有一天我回家看见家里摆放的花瓶摔碎了，地上还有血。我问原因，我妈说是她打扫时不小心把花瓶摔碎了。现在回想起来，也许那天她刚经历过家暴。”

自从张姝雅知道父亲的真面目后，她想到的第一件事不是逃离，而是顺从。毕竟那个时候她还是一个小孩，如果脱离父亲，她就会失去经济来源。

再加上她不愿意去找母亲，因为父母领离婚证的那天，母亲就对她说过，既然选择了父亲，那就死死守在他身边吧，即使以后遇见麻烦，也别来求救。

那个时候张姝雅在心里想，我开心还来不及，又怎么会向你求救。

我问：“你是厌恨她，所以才不想对她求救？”

张姝雅不置可否地点点头。

“她明知道张望龙是个定时炸弹，她却没有对我说，而是让我自愿走入地狱。从某种程度上来说，她比张望龙更可恨。”

张姝雅为了躲避父亲的家暴，选择逆来顺受，她发现只要她不提起离开这个小镇，或者说她不离开这个破破烂烂的家，她就不会被父亲殴打。

父亲如此害怕别人提起“破烂小房子”，是因为他想守护自己一家之主的尊严。在他的认知里，男人在外起早贪黑地务工，一个月拿着微薄的薪资养着妻女，让一家三口吃饱穿暖，就是他做的最大的努力。

如果在这个时候有人去抨击他的努力，他就会发怒。

人怎么会在一瞬间就被点燃怒气呢？怒气一直都是累

积的。

不难推测，张姝雅的父亲张望龙肯定有一个类似的家庭，或许他就是当年张父的真实写照。因为在我的调查资料里显示，张望龙自幼跟着他的父亲生活，绝口不提自己的母亲。

我情不自禁地念出那句话：“在不幸的家庭里，连不幸都是遗传的。”

张姝雅诧异地看向我：“什么意思？”

“你父亲他小时候可能跟你有同样的经历。”

张姝雅不敢相信：“他跟我有一样的经历？那为什么他不能改变这种方式，反而变本加厉？”

“要让一个乞丐学会施舍别人，这本来就是一件很难的事。他在小时候没有得到过正确的父爱，他长大后也很难把父爱给自己的子女。很多时候，人们都说结婚要找门当户对的，这可能就是原因之一。所谓的门当户对就是两人的经历差不多，不会一个高一个矮。你母亲和你父亲就是，女方太高，男方太矮。”

张姝雅轻蔑一笑，反驳道：“张望龙不矮。”

我叹道：“你明知我说的不是这个高度。”

当我还想再继续追问，这些所谓的裂变跟镜子里的平行世界有什么关系时，手腕上的计时器却开始振动，提醒我时间到了，再接触下去就很危险。

几秒钟后，有人敲门进来了，是青俞山疗养院的医护人员。

“探视时间到了，何小姐别为难我们。”

张姝雅对我挥手：“何小姐，再见。但愿我们还能再见。”

铁门关上之前，我看见张姝雅脸上那个意味深长的笑容。

4.

走出青俞山疗养院就看见慕桓的面包车停在大门口。

刚上车，慕桓就发挥他那喋喋不休的碎嘴能力，开始向我讨要八卦。

“静云姐，你见到张姝雅了吗？她真的跟传闻中一样好看吗？”

“见到了，确实好看。”

慕桓有些失落：“今天刚好有事没能进去，我下一次一定要跟你一起去看看她长什么样。”说着他发现了我脸上戴着的口罩，“姐，这么热的天气，你戴口罩做什么？”

“感冒了，怕传染。”

慕桓将信将疑，他发动车，朝着市区方向驶去。

“我让你追查的瞿松青现在有消息吗？”

“姐，你不会真的想去采访瞿松青吧，他现在可是仁恩医院院长的女婿……”

“所以才让你去查他呀，查清楚他背后的事情。”

慕桓语塞。我和他都清楚，以瞿松青现在的身份没有那么好查。但我必须了解清楚，张姝雅到底是如何变成这个样子，才能写出这个节目的访谈大纲。

慕桓挠了挠头，还是把他查到的资料递给我：“姐，我真的想不明白，上面给我们那么多的新闻选题，你为什么就选中这个。老实说，我感觉去调查那些杀人魔、变态狂，都比这个女人有意思多了，她不就是患了幻想症吗？”

我一边翻动资料，一边问慕桓：“你和我都不相信，人能通过镜子看见平行时空，为什么张姝雅相信？”

慕桓张口就来：“因为她笨。”

“她一点也不笨，你不是也看过她初中的成绩吗？一直都名列前茅。没有上高中，是因为她的父亲阻拦。即便如此，她还是能够通过其他渠道赚钱，她还成了模特，哪怕仅仅是个网店模特。她在这个行业里的知名度也很高，四年前还有人找她拍过网剧。”

慕桓陷入沉思，他也开始思考为什么张姝雅会有幻想症。

我问：“在她的资料里记录，几次病发的场景是在哪里，你还记得吗？”

慕桓抢答：“家！”

2017年3月4日，张姝雅凌晨四点醒来，在卫生间的镜子里看见平行时空。

平行时空里的张姝雅没有跟着父亲生活，她选择跟着母亲生活。母亲在张姝雅十六岁时，嫁给了一名富商，带着张姝雅去了国外生活。张姝雅在母亲的精心培养下，终于长成了母亲欣赏的模样。

镜子外的张姝雅看见这一切，她叫醒了在床上躺着的丈夫瞿松青，他却说镜子里没有她说的那些画面，一定是因为张姝雅最近太过劳累，出现幻觉了，让张姝雅多注意休息。

2017年3月19日，张姝雅下班回到家，在卫生间卸妆，镜子里再次上演平行时空里的张姝雅的生活。镜子里的张姝雅正在庆祝自己的生日，身边坐着几位好友，每一位好友都送出价值不菲的礼物。

镜子外的张姝雅十分落寞，今天确实是她的生日，却没有一个人记得。瞿松青在医院忙着值班，甚至连个电话都没打。

2017年4月5日，张姝雅洗澡时，发现自己的头发大把大把地掉落。自从她一年前出车祸之后，身上有伤疤的她就再也不能当模特了。

因为抑郁，她暴饮暴食，身材也不如从前。正当她望着镜子落泪时，镜子里再次出现了平行时空，镜子里的张姝雅有着一头茂密的头发，她的身材还是那样好，最重要的是镜子里的张姝雅依然在日进斗金。她过着让张姝雅最羡慕的人生。

张姝雅把这件事情再次告诉了瞿松青，瞿松青却说张姝雅疯了，是那场车祸让她变得不正常。

那面镜子中明明什么都没有！

瞿松青指着她骂道："你真应该去看看医生。"

在一旁讥笑着的婆婆却提议道："看什么医生，还嫌不丢人？你就应该听我的，找那个杨仙姑看看，她包治百病。"

瞿松青母子带着张姝雅去了翠云山，找到杨仙姑。杨仙姑装模作样地给张姝雅做了一场法事。法事结束，杨仙姑还在张姝雅耳边吹了一口"仙气"。

"你想结束现在糟糕的人生吗？"

她当然想，她做梦都想。她无时无刻不在想，如果当初跟着母亲离开，结局会不会不一样？

她不会被父亲家暴，父亲不会变成赌鬼，一再找她要钱。她也不会因此出车祸，更不会像如今这样身材走样……

"你其实可以去镜子里的世界，获得那样的人生。"

真的可以吗？

"可以，但需要代价。"

什么代价？

"你的生命……"

"仙气"吹完，张姝雅昏睡过去。

5.

张姝雅醒来后，每一天都在盘算着怎样才能进入镜中的世界。

2017 年 6 月 7 日，张姝雅一头撞在镜子上，血流如注。

好在瞿松青回来后及时把她送进医院，并警告她如果再有下次就送她去住院。

张姝雅有些害怕，但是镜子里的那个人却在不断勾引她，勾引她去往那个极乐世界。

瞿松青每天都给她吃安眠药，告诉她睡着就好了。

一开始她确实安分了好长一段时间，但后来，安眠药也失去了效果。

8 月初，张姝雅为进入镜中世界，竟然拿刀伤害瞿松青。然而对于这段记忆，张姝雅的脑子一片空白。她不记得自己是怎么用刀割伤瞿松青的，也不记得那天睡着后发生了什么。

医生认为她是在梦游的时候伤害了瞿松青，再这样下去她很危险，必须住院治疗。

8 月 17 日，张姝雅住院了。

我问慕桓："这天底下有那么巧合的事情吗？几次幻觉都是在同一面镜子里看见的。如果她真的是精神病，那她就应该不分时间、不分地点地出现幻觉。"

慕桓惊道："所以你让我去查 2017 年之前，张姝雅家里有没有搞过装修？"

"如今看来，事情果然和我猜测的一样。"我的手指落在资料上 2016 年年末那几个字上，当时，瞿松青提议重新装修张姝雅的房子，由他出钱找人。

张姝雅起初觉得麻烦，瞿松青却说："你前阵子出车祸，我妈就找人帮你算了一卦，说你家里风水不好，我们装修改一下风水，也许你以后的事业还能风生水起，或者我们还能再要一个孩子呢。"

2016 年 8 月的那场车祸，让怀孕两个月的张姝雅流产了，医生说她可能很难再有孩子。

失业、丧子，双重痛苦。事业和孩子，都是张姝雅的软肋。

再加上父亲在她成年后染上赌瘾，四处负债，时不时有债主上门要债，张姝雅抑郁了。

“瞿松青身为医生，却没有带她去看医生，选择用迷信手段改风水，这本就已经很离谱了。”慕桓补充道，“改完风水之后，妻子从抑郁症变成疯子，这怎么看都是那面镜子的问题啊。”

我推测：“如今科技这么发达，想把拍摄好的视频放在镜子上，这绝对能办到吧。”

慕桓忽然想到：“对啊，卫生间的智能镜子确实能看视频。再加上张姝雅本身就有些神志恍惚，她肯定分不清自己看见的到底是真的还是假的。”

“可是，即便镜子里藏着智能屏，那他们又是怎么找一个跟张姝雅一模一样的人来拍视频的？”

我忍不住打了一下他的脑袋，提醒道：“AI 换脸啊！”

慕桓闻言愣了一下，随即笑起来：“还得是静云姐，这脑子转得就是快啊。”

“当务之急，我们现在需要找到给瞿松青做装修的那家公司，问一下他们有没有在卫生间装智能屏的镜子。只有这样我们才能证明，张姝雅没病。”

慕桓恨得咬牙切齿：“这种吃绝户的男人真恶心，我必须找到他的证据，把他送进去。”

“吃绝户？”我有些诧异，慕桓为何会这样说？

慕桓说：“静云姐你还不知道，张姝雅的父亲在 2016 年年末买彩票中奖，一共有五百万。他想把这张彩票转赠给张姝雅，听说当时张姝雅不愿意见他，这彩票现在落在谁的手里，你应该想到了吧。”

我一直在寻找瞿松青谋害张姝雅的目的。

一开始我以为他只是单纯嫌弃张姝雅在车祸之后失业、丧子、不能生育。现在我知道了，他更想独吞张姝雅父亲的五百万。

他拿着张姝雅的五百万彩票，给张姝雅设置了一个圈套，把她送进精神病院，然后美滋滋地去找院长的女儿结婚。

如今一年多的时间过去，他爬得越来越高，再也不是当初在急诊科的普通医生。

难怪，有这么多人想要采访张姝雅，全都被青俞山疗养院拒绝了。这全是瞿松青在背后搞鬼。

他在阻止人们发现张姝雅是正常人，也在阻止张姝雅把真相说出来。

比起这些我更好奇，张姝雅的父亲现在身在何处？

“慕桓，你现在还没联系到张姝雅的父亲吗？”

“消失了。”慕桓说，“我去他家附近找周围邻居都问过了，张望龙失踪了，失踪时间就是 2016 年年末。”

“听说，那天他特别开心地出门，要去找自己的女儿，然后就再没回去过。邻居们都以为他跟着女儿在城里过好日子呢。”

不是失踪，而是被害。

他上门去找张姝雅，却被那对吃绝户的母子拦住。那对母子肯定一不做二不休，把这个赌鬼父亲杀害了。也许他们还美其名曰为民除害，帮张姝雅除掉了这个祸害。

那他的尸体会藏在哪里呢？我又想到了卫生间的那面镜子。

“慕桓，我记得你之前说瞿松青和院长女儿结婚之后就从张姝雅的家里搬走了，那她的家现在还空着吗？”

“应该还空着，听说他一直想把房子租出去，但一直没有人去租。”

“多少钱？”

“半年起租，一个月四千元。”

我摸出手机，在微信里找到慕桓的头像，立刻给他转账两万四千元。

“姐，你干啥？”

“你去租这个房子，我带你去挖新闻。”

慕桓纳闷：“你为啥不去呀？”

我随便找了个借口：“我长得好看，还是海归，我怕这个心机男爱上我。”

“也是，那我去。”

三天后，慕桓给我打来电话，房子已经成功租到。他忍不住跟我吐槽，那男人的确长得人模狗样的，并且再三叮嘱他，不要随意乱动家里的东西。

当天晚上，我和慕桓就带着铁锹走进张姝雅家里的卫生间。不出所料，在卫生间那块凸出的墙体里，我们挖到了一具白骨。

报警，做笔录，警方取证，逮捕瞿松青，瞿松青交代犯罪事实，前前后后花了一个月的时间。

6.

当我再次见到张姝雅，已经是一个月之后。这一次与我同行的还有慕桓。

治疗室内，慕桓看见张姝雅的那一瞬间像是触电，立马回头看向我。我对他使了个眼色，他心领神会地闭嘴，默默退到一边。

“何小姐，我以为你不会来了。”张姝雅率先开口。

我问：“为什么这么说？”

“出现在我这间病房的总共只有四个人，分别是主治医师、新闻记者、送饭的阿姨，还有一个就是你。”

“主治医师是因为要帮我看病，所以他会定期出现。可是那位新闻记者就没有那么幸运了，他试图把我说的故事编写成新闻，我跟他约定好再次见面，可是半年过去了，他始终没有出现。”

我明白她这句话的意思，也明白上次离别时，她为何对我露出意味深长的笑容。

“你担心我也会遇害？”

张姝雅的眼睛一亮，在黑暗中变得极为耀眼：“你知道了？”

我点头，反问道：“你也知道你的病情是瞿松青捏造的？”

张姝雅微微颔首。

“你是什么时候知道的？”

张姝雅回忆道：“那个新闻记者不再出现在我的面前，我就猜到了。”

“他是不是告诉了你一个重要的信息，”我试探地问，“是关于那张彩票？”

“嗯，在我入院前，我并不知道这张彩票，我也不知道我父亲来找过我。”张姝雅说，“当记者跟我说，我父亲彩票中奖五百万，他想把这张彩票转赠给我，现在人却失踪了，我就知道这一定跟瞿松青脱不了干系。”

瞿松青是个吝啬的人。他和张姝雅从谈恋爱到结婚，一年多的时间里，在张姝雅身上花的钱，加起来不到三万块。他甚至还有一个记账本，里面写满了在张姝雅身上的开销。

那年，瞿松青提出要给家里改造装修，张姝雅就有些怀疑，这人为何突然如此大方。

瞿松青对此解释，他单位刚好发了奖金，觉得自己不能亏待妻子，就拿出 15 万重新装修房子。

张姝雅信以为真，她当初和瞿松青谈恋爱，不图他钱，也不图他帅，就图他情绪稳定，不会打骂人，不管外面发生天大的事情，他总是能和颜悦色地对待张姝雅。

也许是张姝雅青少年时期吃过这种苦，因此她十分受不了父亲喜怒无常的脾气，她爱上了这个情绪稳定的男人。殊不知，这个情绪稳定的男人却是比她父亲更可怕的人。

他把她活生生地逼疯了。

恋爱之初，他们的确有过甜蜜时刻。

那会儿，张姝雅还是模特，长得美艳动人。因为工作的原因，她的三餐十分不规律，有一天晚上她急性阑尾炎犯了，打“120”求救，刚好是瞿松青值班。

瞿松青当时也只是个愣头青，哪里见过这么漂亮的美女。他找了个借口，留下张姝雅的电话号码。

两人通过手机联系，瞿松青日日献殷勤，嘘寒问暖，三个月之后两人确定了恋爱关系，一年后瞿松青娶了张姝雅。

瞿松青本以为，迎娶这个长得像是“白富美”的女人，自己就能获得更好的生活。谁知这个“白富美”的背后是如此糟糕的家庭和父亲。

毫无疑问，瞿松青入赘豪门的梦碎掉了。

以至于后来他无时无刻不在找借口离婚。他认为自己还年轻，没必要守着这个女人过一生。

偏偏在那天，张姝雅的赌鬼父亲送来了一张五百万的彩票，想和张姝雅冰释前嫌。

瞿松青的脑子里立马想到一个绝妙的计划——把这个赌鬼

杀死，然后再把张姝雅送进精神病院，让她自生自灭。自己重新找个家境殷实的女人结婚，这五百万在他身上如同锦上添花。

他左思右想，该怎么让张姝雅变成精神病人呢？

他忽然想到了，张姝雅总是说："如果当初父母离婚，我跟着母亲就好了，跟着她，现在或许我已经在国外过上好日子了。"

既然张姝雅这么想弥补当初的选择错误，那就成全她吧！

有了这个初步想法，瞿松青找到一个身材跟张姝雅差不多的女人，让她配合演戏。再用 AI 换脸技术，把她的脸换成张姝雅的脸。按照张姝雅的描述，拍了几个片段，展示出平行时空另一个张姝雅的完美人生。然后，瞿松青再把这个视频投放在卫生间镜子上。

车祸之后，张姝雅患有抑郁症，有定期服药的习惯。瞿松青在药上动了手脚，导致张姝雅每次吃药后都会产生幻觉，加上卫生间镜子的影响，张姝雅疯了。

与此同时，他决定给张姝雅一剂猛药。

他要带张姝雅去看杨仙姑，然后收买杨仙姑，让杨仙姑说出那句话，借刀杀人。

张姝雅为了进入镜中的平行世界，竟然真的撞碎了镜子"寻死"。

瞿松青觉得时机差不多了，在那天深夜，趁着张姝雅睡着，他拿着刀对着自己割了两刀，然后痛苦大叫，制造出张姝雅在梦游中攻击他的假象。

有了医院的诊断证明，瞿松青如愿以偿把张姝雅送进精神病院并与她离婚。半年后，他顺理成章地另娶他人。

我把这些故事告诉张姝雅，张姝雅的眼睛红了，她呼吸急促，双手颤抖，情绪极其激动。她花了很长时间去平复自己的心情，缓缓抬起头望着我。

“何静云小姐，比起他为何杀我，我更想知道，你为什么要救我？”

在张姝雅的疑惑中，我摘掉脸上的口罩。

她惊愕地瞪大眼睛，如同见鬼一样——我长着一张和张姝雅一模一样的脸。

从我第一次见到李主任时，他就不止一次地对我说过：“何小姐，如果你一定要见张姝雅，那你记得戴口罩。我怕她看见你的脸，她会真的疯掉，她会以为平行时空的张姝雅来到现实了。”

“张姝雅，哦不，张静云，你要听听我的故事吗？”

7.

我叫张姝雅，我有一个姐姐叫张静云。我跟姐姐一起住在白梨镇。

白梨镇地方不大，镇上的男人都靠挖煤为生。我们的父亲张望龙也是个挖煤工人，他每天起早贪黑地挖煤供养我们长大，可我们的母亲却不想过这种日子，因为她本来就是有钱人家的千金，如果不是家道中落，她也不至于跟着家人来到这穷乡僻壤生活。

在这小镇上，母亲认识了勤劳踏实的父亲，经过一段时间了解，两人顺理成章地在一起了。

然而日子长了，母亲越来越受不了父亲的陋习。

父亲回家总是不爱换衣服，穿着脏裤子直接坐在床上。他吃饭总是爱将骨头或者菜渣直接吐在桌上，这让有洁癖的母亲受不了。

母亲让他多注意修养素质，父亲却一再反驳她：“你当初这么讲究，就不该找我这个穷鬼啊。说白了，结婚这么多年，你还是看不上我。”

她小声辩解：“日子过干净点总没坏处，我们总不能一辈子住这个小房子里吧，有钱了肯定换一个大房子啊。”

父亲就嘲笑她：“有钱？什么叫有钱？像你爸那样，钱不也一样花完了？没钱就得过穷日子！还是说，你想找个有钱男人远走高飞啊？我觉得我一辈子住这个小房子就够了，你想住大房子，我可给不起。”

一开始母亲没有跟父亲起争执，但时间长了，她越来越无法忍受。夫妻之间的争吵，一日更甚一日。最终，他们大打出手了。

那天我生病了，没有去上学，目睹了父亲暴怒殴打母亲的场景。我无法想象，父亲居然是这样的人。

黄昏时分，我的姐姐放学归来，她看见家里满地狼藉，问母亲到底发生了什么。母亲撒谎说，自己不小心打碎了花瓶。

那天夜里，父亲很晚都没有回家，我和姐姐躲在床上小声地说着悄悄话，母亲则在厕所里洗着脏衣服。家里的墙体很薄，厕所里哗啦啦的流水声也掩不住母亲的哭声。

我知道母亲不止一次后悔自己嫁错了人。她总是问我们，如果她和父亲离婚，我们谁愿意跟着她走。

她只想带走一个女儿，可我和姐姐都想跟着她走。

母亲虽然严厉，但她在照顾我们这一方面绝不含糊。我和姐姐怕她，又爱她。

我知道，母亲对我和姐姐也有私心。她其实更喜欢姐姐一点，因为姐姐比我聪明，身体也比我好，不像我总是体弱多病，照顾我很麻烦。

母亲是个怕麻烦的人，她一定不想照顾我。

姐姐搂着我的肩膀安慰我。

“姝雅别哭，如果他们真的离婚了，你跟着妈妈走吧……”

“为什么？”

“你身体不好，妈妈能照顾到你，父亲他很粗心。”

“不，他们肯定不会离婚，我们也不会分开。”

我以为我如此虔诚地对着神灵许愿，神灵总能多眷顾我一回。

在我们十岁生日那年，父亲和母亲还是离婚了。母亲询问姐姐想跟着谁，她毫不犹豫地选择了父亲。理由是母亲太凶，她觉得父亲和蔼。

母亲有些生气，俯下身对她说：“既然选择了他，那就死死守在他身边吧，即使以后遇见麻烦，也别来求救。”

母亲带着我，头也不回地离开了那个家。

离开家之前，姐姐让我把她们的电话号码记得烂熟于心。每次趁着母亲外出，我都会给姐姐打电话。我们会在电话里分享最近的生活，我还和姐姐约定，以后一定要考德宇三中，这样我们就能在一个学校读书。

记得那一次月考成绩出来，姐姐很开心，她说我们终于可以在一个学校见面了。但很快我就接到姐姐的消息，她被父亲打了，她不能去德宇三中读书。

我想把这件事情告诉母亲，她一定可以保护我们。姐姐却说她讨厌母亲，母亲明知道父亲是个烂人，却没有告诉她。

我诧异，原来姐姐一次都没看见父亲家暴母亲的场景，所以她才误认为父亲是个好人。

我不敢说出真相，我怕姐姐也会误会我，以为我和母亲串通好把她甩给了父亲。

她跟我说，她不能读高中了，但没关系，到时她就在我高中附近找个工作，我们还是可以见面的。

我的姐姐果然很聪明，她能帮我解决很多麻烦。

就这样我和姐姐偷偷见面了三年，高三刚读完，母亲突然告诉我，她要改嫁。这一次，她要带我去更远的地方，我们会飞去国外。我会有很长时间不能看见姐姐，甚至可能一辈子都无法再见到姐姐。

我不敢把这件事告诉姐姐。

我和姐姐见面的那天，姐姐发现我心事重重。我是个不擅长撒谎的人，我只能告诉姐姐，母亲要带我去国外生活。

姐姐居然很开心地祝福我："去国外好啊，摆脱这里糟糕的生活，开启新的人生。"

我难过得想哭："那你怎么办啊。"

"我在这里努力工作，等你回来接我。"

"你认真的吗？"

"当然啦，我相信你会回来的，对吗？"

"肯定会的。"

"可是我去国外就不能跟你见面，电话费也很贵……"

"那通信软件还能用吧，到时候在那上面发消息也一样的，你还能拍照发给我呢。"

"好，那就一言为定。"

我到国外安定下来后，经常找机会给姐姐发消息，但姐姐却变得非常忙碌。

她告诉我，有人挖掘她去当模特，她赚到了人生的第一桶金，很多人都夸她美丽，有天赋。不出两年，她肯定能够买大房子，到时候我回去，她还能给我留一间屋子呢。

姐姐拍了很多照片给我看，照片里的她比之前更漂亮，精心打扮的她看起来像明星一样耀眼。

我的姐姐很棒，她干什么都能成功。

我以为我总有一天能熬到回国看见更闪耀的姐姐，事情的变故却来了。

在我们出国的第三年，母亲的第二任丈夫有了外遇，两人的感情再次出现危机。我没了学费，母亲也在同一时间患病，我们只能返回国内，随便找了一个小城市安家。我只能勤工俭学，照顾母亲。

我和姐姐的联系越来越少。

照顾母亲的那几年，是我人生中最黑暗的几年，我常常因为没钱，不敢买吃的和用的。每天我都灰头土脸的，母亲病痛发作时还会朝我砸东西。

夜深人静，我捧着手机看着姐姐的照片。明明我和姐姐的容貌一模一样，她凭借着漂亮的脸蛋，摇身一变成了闪闪发光的模特。而我却在过贫苦日子，我和她的差距越来越明显……

我无时无刻不在幻想，如果当初是我跟着父亲，我的结局是不是会好一点。

终于在我快要疯掉的时候，母亲去世了。我想通知许久没有联系的姐姐，立马登录通信软件去搜她的账号，才发现她也很久没有登录了。

最后一条信息的发布时间显示是在 2016 年 3 月。

她说：“姝雅，我用你的名字成了一个小网红，我的粉丝就是你的粉丝啊。”

她说：“姝雅，我快结婚了，婚礼在 5 月，如果你能来，我一定非常开心。”

我在网上搜索张姝雅的信息，她的人气很高，足足有一百万粉丝。她结婚的那天，好多人送上祝福。我看见了新郎的照片，长得倒是一表人才。

正在我为姐姐开心时，却看见她出车祸的微博消息。

在车祸之后，她失去了很多东西，包括关于我的记忆……她唯独忘记了我。

她把关于我的记忆，全都嫁接到了镜子里的平行时空。可我绝对不允许她忘记我！

我试图进入青俞山疗养院探视她，却多次被拒之门外。

我问原因，疗养院的人说：“病人说这世上只有一个张姝雅，那只能是她。”

我想，也许是姐姐在车祸里受到刺激，她把自己当成了“我”。姐姐曾经说过，在父母离婚后，父亲决不允许她提起母亲和我的事情，因此很多人都不知道模特张姝雅有一个双胞胎妹妹。

我改用姐姐之前的名字，再冠以母姓，摇身一变成为何静云。

恰巧在这个时候，电视台要做一档节目，我主动请缨采访张姝雅，要写一篇关于张姝雅的报道《镜中的裂变人生》。借用上司的面子，青俞山疗养院的李主任终于同意我进去。

今天，在一个晴朗的午后，我终于见到了朝思暮想的姐姐。

“姐姐，现在你想起我了吗？”我双眸含泪看向她，她以同样的目光回望着我。

“姝雅，你才是姝雅，我的姝雅。”她紧紧地把我抱入怀中，眼泪浸湿我的衬衫。

一场裂变，让我们在阴暗的角落羡慕着彼此的人生，却又殊途同归。

9 号病房病人档案

姓名：[redacted]

性别：男

年龄：17 岁

病症名称：多重人格障碍

病症表现：

多重人格的患者具有超过一个（若是两个则称为双重人格）的人格存在，就如同“在一个身体里住着好几个灵魂”。我们可以把多重人格障碍看作是一具肉体中装了多个灵魂，它们轮流来享用、驱使这具肉体。

[redacted]

(D) TOP ~~SECRET~~ SPECIAL HANDLING

光影

病房009

文 / 朱奕璇

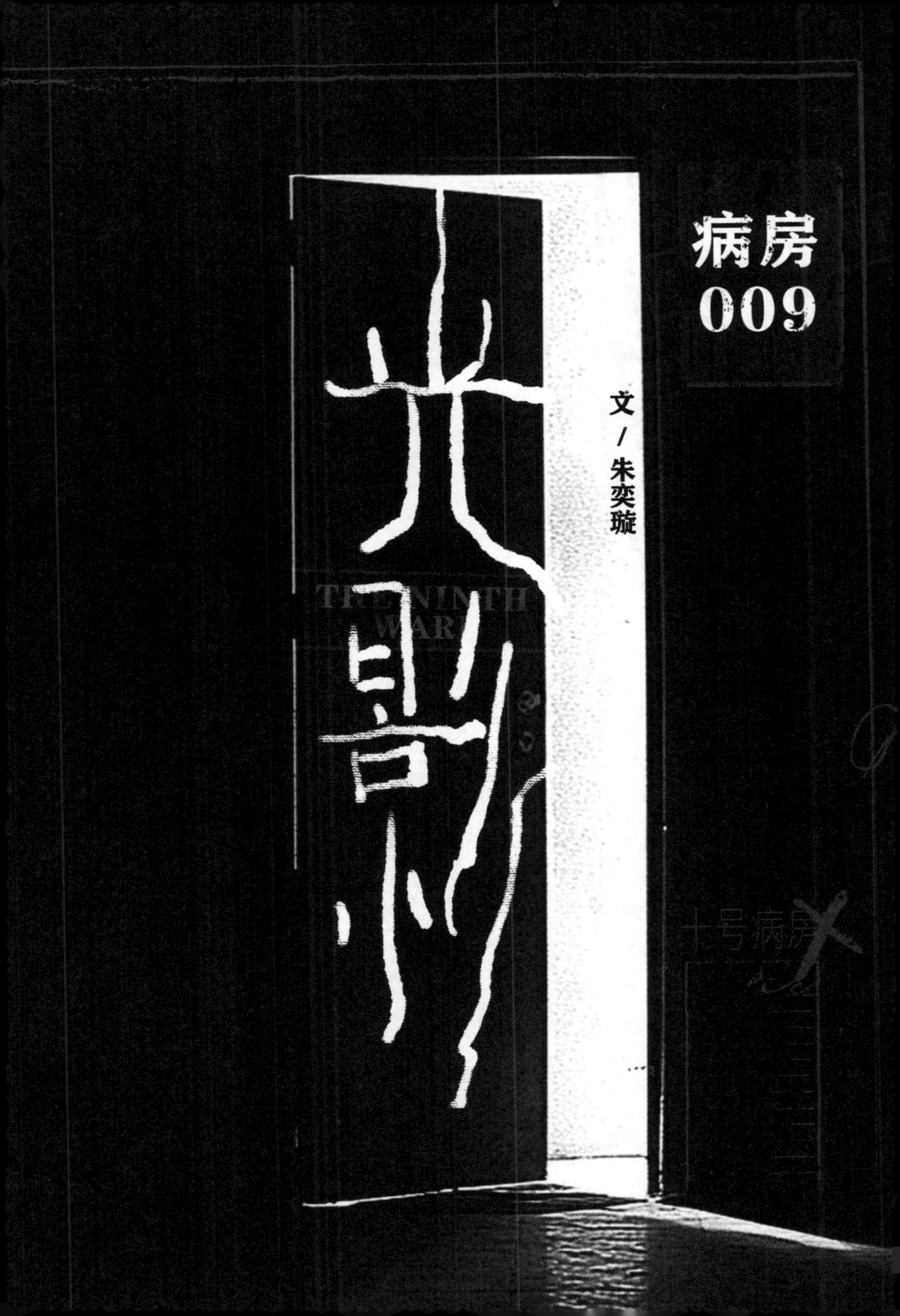

光影

THE NINTH WARD

文 / 朱奕璇

暌违已久，我再次见到了我的妈妈。

“好久不见，”她说，“对不起。”

1.

我叫崔光，我的邻居家住着一个变态。

他跟我同姓，名字只差一个字。我叫崔光，他叫崔影。他跟我非常相像，我们不仅同姓，还同性别、同学校、同年级、同班级，我们都是梧桐中学高二二班的学生。他还跟我住在同一个小区，是我家的邻居。

每天上课时，他就坐在我的后桌，顶着一张苍白漠然的面孔，盯着我的脊背，不知在想些什么。

每天放学回家时，他也总是不远不近地跟在我的身后，像是我的一道影子。我无数次试图甩开他，又无数次失败。

崔影总是跟着我，还总用恨之入骨的眼神瞧着我。

半年后，我终于忍无可忍，开口对妈妈说道：“妈，我们邻居家有一个变态。”

那时，妈妈刚刚结束夜班，回到了我们逼仄的出租屋。她显然累极了，脸上带着无法忽视的疲态。

听到我的话，妈妈答道：“说什么胡话呢，邻居很好啊，我的夜班工作就是人家介绍的，他们的儿子也很优秀，是个学霸，你得多向人家学习。这样说来，最近的月考你的排名怎么又掉下去了？”

我出生在一个单亲家庭，父母离婚之后，妈妈得到了我的抚养权，并独自一人将我抚养长大。

妈妈初中肄业，没有学历也没有人脉，为了供我读书、生活，一天要打两份工。白天去超市做收银员，晚上去餐厅后厨刷盘子，累得要命。

我不愿再给妈妈增添负担，于是默默地将即将出口的话又咽了回去。

况且妈妈无法解决我的问题，只有我自己能解决我的问题。

我决定了，我要杀死崔影。

2.

我叫崔影，我的邻居家住着一个变态。

他叫崔光，跟我同姓、同性别、同小区、同学校，甚至同班级。我很讨厌跟人雷同，更别说是如此高度雷同，这会让我感觉我不再特殊，不再出类拔萃，不再是上天选中的人。

没错，我是一个彻头彻尾的天才。

我三岁能认字，五岁背唐诗，提前一年入读小学，每一次考试的成绩都非常优秀，回回都是班级第一名。

毫不夸张地说，我是一个天之骄子。

而跟我雷同的崔光则是一个彻头彻尾的失败者，一个普通得不能再普通的普通人。

他总是一副畏畏缩缩、自卑自贱的模样。

上学时，他佝偻着脊背，缩在位子上低着头，戴着厚如酒瓶底的黑框眼镜，无精打采地盯着课本发呆。

每当老师喊他的名字，他便像受惊的小动物似的猛地一缩，随后又惊又惧地抬起头来，吞吞吐吐地回答问题，而且多半总是回答错误。

这是我最讨厌的模样。

他是我最讨厌的一类人，但他偏偏还是我的同班同学，我的小区邻居。上学，我们在一起；放学，我们还在一起。

而不知道为何，他也很讨厌我。

我其实是一个非常讨喜的人，因为我实在优秀，就算我真的做了错事，也总有人帮我辩白，宽容地原谅我。但崔光非常讨厌我，甚至他有时会用恨之入骨的眼神瞧着我。

一天放学后，我们站在小区门口的一棵高大梧桐树的阴影下，带着冰冷入骨的眼神，彼此相看两厌。

我看着他疲惫的、苍白的、被眼镜压出阴影的脸，看着他无能的、平庸的、愚蠢的、滑稽的脸。

一阵无法自控的痛恨从我的心底涌出。

我决定了，我要杀死他。

3.

和崔影不同，我崔光是一个彻头彻尾的普通人。

妈妈初中肄业，没有学历，没有关系，只能去当收银员、在后厨刷盘子，她疲于应付这样的生活，厌烦透了暗无天日的未来，于是她怕极了我会重蹈她的覆辙，总是拼命地鞭策我读书。

但自从升入初中后，我的成绩一直都很平庸。

一旦我考得不好，妈妈就会惩罚我。初中时，她为了打我，甚至抽断了一根旧皮带。皮带断裂的那一瞬，她愣了愣，跌坐在地上。

我浑身瘀青地跪在地上，痛得直流眼泪，却不敢大声哭出来，只能低声哽咽，说："妈妈，我错了，可我真的做不对那些题，我真的没出息。"

凌乱的头发下，妈妈的眼睛也渐渐湿了。

看着我哭，她也哭了。

"对不起，"她说，"可是，除了读书，我们又有什么别的出路呢？"

而这个答案我们都心知肚明，没有别的出路，只有读书，只有考出去。

那天晚上，我偷偷地去网上搜索：人为什么努力了却考不到好成绩。

一个短视频中，一名"专家"说："人的成绩，一半是由智商决定的，智商高的人生来就是学霸，智商低的人无论怎么努力也没办法考入名校。"

短视频的评论区放了一个测试智商的链接，我点了进去，耐心地答完了所有的题目，结果只有 90 分。

普通人的智商一般位于 90 到 110，而我勉勉强强地够到了普通人的底线。

而另一个短视频中，又一名"专家"说："一个人是否能有一个好的前途，一半由他或她的先天基因决定，一半由他或她的家庭条件决定。"

这样看来，无论从哪个角度讲，我都是一个普通得不能再普通的普通人。

我知道我是个普通人，我已经认命了，但妈妈却没有。

“你一定会成为一个有出息的人，”妈妈总是这样说，带着疲惫，带着坚定，带着近乎狂热的热情，“你要加油，努力，不能放弃。”

为了让我有出息，她从不放弃，哪怕白天晚上不停歇地打两份工，哪怕借钱贷款，也要供我读书，也要帮我报辅导班，也要在我考重点高中差两分时，东拼西凑，帮我凑出高昂的择校费。

“我都是为了你，”一天，妈妈抓着我的肩膀说，“你一定要努力，不要辜负了妈妈。”

可我没办法，我真的没办法。

习题集已经被翻烂了，红笔批改的痕迹叠成一片又一片，触目惊心，像是一片又一片从无结痂的血色伤痕。

一阵阵抽痛从我身上泛起，如流水般冲刷过全身，可分明没有伤痕。

只是癔症，只是幻觉。

4.

我是天之骄子，从小妈妈就告诉我，我崔影会成为一个了不起的、有出息的人。

读书是我们的出路，是往上攀爬的天梯，是一道千军万马涌过的独木桥。学校是一个金字塔结构的残酷社会，最顶端的人是学霸，将大量的学渣踩在脚下。

弱肉强食，赢家通吃。站在最顶端的人就是赢家，而我就是这个赢家。

小学时，爸爸教导我说：“你要爬到这个城市的最高处，替我们家赚到很多很多钱，让咱们光宗耀祖。”

我满心欢喜地答应了，自信之极，踌躇满志。

但小学毕业之后，事情发生了转折。

小学时，我就读于一所普通的公立学校，周围的同学大多出身平平、智商平平，不构成竞争压力。但毕业后，我考入了一所市重点初中，在这里优秀的人变多了。

成绩上，我无法再拿到第一，甚至前五都很艰难，只能保前十。

除此之外，同学们的家境优越，爱好极多。有人钢琴六级，有人作文拿过市级的奖，有人在计算机竞赛中拿了省级的奖。

而我家境平平，我的爸爸是初中学历，妈妈初中肄业。爸爸是工厂的维修工人，妈妈是超市收银员。

我们家养不起我的任何爱好，甚至不能让我上辅导班。

我只有自学。

但就算是我唯一擅长的学习，跟同学们相比也变得不够擅长，我的资质逐渐沦为平庸。

那阵子，父母常常吵架。

每天我下了晚自习，回到家中就会看到爸爸脸色通红，妈妈脸色煞白，两人仇恨地敌视着彼此，仿佛不共戴天。

见了我，他们僵硬地笑一笑，敷衍地向我打招呼：“回来啦？作业写完了吗？”

“还没。”我识趣地低着头，回到自己的房间。

这是个谎话，其实我早就写完了，只是我们都需要这个借口。

我关上门，听到门外爆发出尖叫和怒吼。

出租屋的租金很低，墙壁单薄，隔音功能只能说聊胜于无，因此我能清清楚楚地听见他们说的每一个字。

妈妈说："都怨你！说什么拿不出钱来，不找关系送孩子去上那所好小学，不给孩子报辅导班，结果现在孩子落后了，都是你的责任！"

爸爸说："怨我？难道你挣到钱了？没有钱就是没有钱，说破天也没有钱！打点关系、上辅导班，哪里不需要钱？还有住的、吃的、穿的、用的，哪一样不是钱？"

"我就知道你没出息！"妈妈恨恨地说，"当初就不该嫁给你！"

爸爸冷笑一声："说的好像你还有别的选择一样，你有出息吗？连我都不如，你连初中都没毕业，是你把这种基因遗传给了儿子，怪不得他现在学习不行！"

妈妈尖叫了一声，举起手里的什么东西就砸了过去，在地上发出清脆的一声响。随后，她仿佛也惊呆了似的，不再说话，不再反应。

爸爸也静了一静，接着我听见了手掌落在皮肉上的声音，然后他怒气冲冲地打开了门，摔门而去。

脚步声远去了，片刻后，我听到了妈妈的啜泣声。

没多久，我的父母就离婚了，而妈妈争到了我的抚养权。

随后仿佛上天庇佑，突然之间，我灵光一闪，天赋又回来了，我的成绩噌噌上升，又坐稳了第一的宝座。

妈妈喜不自胜，止不住地夸奖我有出息。

我美滋滋地接受了这些夸奖，但心里却腾起疑窦——究竟是为什么呢？为什么我的成绩又变好了呢？

5.

回想起跟崔影的相遇，其实早在初中我就见过他。

那时我的父母刚刚离婚，紧接着没多久，他就出现在了我的世界。

但比起现在，当时的他离我要更远些。

他跟我同校，但不是同班，他在隔壁班。他跟我同小区，但不是邻居，我家在十号楼，他在十七号楼。

我们只是时不时地擦个肩，打个照面。

那时他还没有这样令人生厌，这样令人毛骨悚然。

但自从见到他的第一眼，我就生理性地反感他、讨厌他。

我一直不知道该怎么去形容这种感觉，直到有一天我在电视上看到了布谷鸟的介绍。

雌性布谷鸟不会自己孵蛋和抚养雏鸟，它会寻找其他鸟儿的巢穴，将自己的蛋下在这个巢中，让其他鸟儿无知无觉地替自己孵蛋、抚养雏鸟。

一则纪录片摄录了布谷鸟孵蛋的全程。一只雌性布谷鸟将自己的蛋产在了一只芦苇莺的鸟巢中，一段时间后，镜头一转，鸟蛋孵化了。小布谷鸟率先孵了出来，它刚刚破壳，迟钝弱小，连眼睛都半睁不睁，但很快它就发现了自己与生俱来的、刻在基因里的使命——将其他未孵化的鸟蛋统统推出鸟巢。

一颗颗鸟蛋坠落巢外，跌成无人关注的蛋壳碎片，连一声呻吟也无。

而小布谷鸟完成了自己的使命，独霸了整个巢穴，安心地睡了过去，直到被自己的“母亲”惊喜地唤醒。

在小布谷鸟吱吱的叫唤声中，芦苇莺妈妈将食物喂进它的口中。

一阵阵毛骨悚然的快意冲刷过我的身体，只一瞬我就确定了我对崔影的情绪——那是一种与生俱来的杀意。

但我一直压抑着，循规蹈矩地试图做个正常人。

直到高中，崔影离我越来越近，他成了我的同班同学，还成了我的邻居。

他紧紧地跟着我，像是影子。

我向妈妈求助，妈妈却不以为意。

于是我抬起头来，看向崔影的眼睛，我们彼此对视，如出一辙的眼里，是如出一辙的杀意。

6.

我必须先一步杀掉崔光，在他杀掉我之前。

我早早地开始计划这场谋杀，它必须隐秘，必须不露马脚。

而同时我知道，崔光也开始了对我的谋杀计划。

我购买了一把小刀，藏在书包里带进了学校，约他晚自习结束后见上一面，他答应了。

当天晚自习结束后，我们特意留在了教室里，默契地不发一语，假装低头看书，等待着其他同学纷纷离开教室。

四下空无一人只余我们时，我准备拿出小刀，却也在他的袖口发现了闪烁的寒光。

我警惕地瞧着他，他也警惕地瞧着我，最终我们同时罢手了。

这事之后，我知道情况越发紧迫了，必须早些下手。

第二天的深夜，我趁着所有人都入睡后，悄悄地撬开了隔壁邻居的门。在我的记忆中，我曾经来到这里许多许多次，但屋内的陈设却和我记忆中相差甚远。

我记不清家具的位置和前进的路线，被绊倒了好几次，但幸好只碰出了一点细微的声音，此时又是深夜，众人都好梦沉酣，因此没有惊动谁。

历尽艰难，我终于小心翼翼地摸到了崔光的房间。

我轻轻地打开了门，慢慢地走到了床边，即将得手的快意涌上心头。卧室的窗帘没关，一线月光照亮了床上人的眉眼——这也是个少年人，但却不是崔光。

我大惊后退，却意外撞翻了床边的椅子，发出重重的响声。

“谁？”少年人高声问，慌乱中缩到墙角，同时打开了台灯。

刹那间，光照亮了我的面孔，照得煞白一片。

我向后一缩，匆匆忙忙地逃了出去，慌乱地回到了自己家。

妈妈被我的声音惊动，披着衣服、睡眼蒙眬地走出卧室，问我：“怎么了？”

“妈，”我问，“邻居家的儿子不是崔光吗？”

“崔光？那是谁？”妈妈疑惑地说，“邻居的儿子是王晓啊。”

那崔光是谁？

楼道外传来乱哄哄的声音，是隔壁邻居王家。王晓叫醒了他的父母，气势汹汹地来找我了。

门被敲响，我脸色惨白地闭上了眼，而妈妈带着疑惑拉开了门。

7.

半夜，我睁开了眼。

不知道为什么，我在沉睡中被叫醒，而王家气势汹汹地上门算账。

他们说，我未经许可撬门盗锁、入侵民宅，还吓到了他们的孩子王晓。

可我明明什么都没做。

我深感莫名，为自己的无辜辩白：“你们又是哪来的？为什么诬陷我？你们又不是我的邻居，我家的邻居是崔影！”

这明明是事实，但每个人却都惊诧地瞧着我，仿佛我疯了。

随后王家报了警，我被带去了警局，妈妈紧皱眉头地陪着我。

警察问话并查阅监控后，找到了我的妈妈，说了些什么。而妈妈神情无助，脸色惨白，六神无主地回头看向我。

我不知道他们在说些什么，但马上妈妈就将我带去了医院的精神科。

经过检查，我被确诊了分离性身份识别障碍，俗称人格分裂。

我的体内有两个人格，一个是崔光，一个是崔影，我们其实是一个人，所以才有如此多的共同之处。

但我们同时又是两个人格，所以又有多处不同。

我不记得我是什么时候开始分裂的，我也不知道我为什么会分裂。

同时，我还患有幻觉。

一般的人格分裂，只是会在同一具身体内发生人格切换，人格之间不知道、不了解彼此的存在，因而人格切换时常常会出现所谓的“失忆”。

严重的人格分裂，如分裂出二十四个人格的威廉·斯坦利·米利根，人格之间可以彼此沟通、聊天，甚至在体内“看见彼此”。

而我，则是能在体外看见另一个人格。

医生说：“能看见另一个人格的情况非常特殊，初步判断，你应该是在人格分裂的基础上，叠加了幻觉。”

妈妈焦急地问：“医生，怎么会这样？要怎么才能治好他？”

医生说：“初步判断，小崔是因为学业压力过大而产生了人格分裂，崔妈妈请你以后不要给他太多压力，为了治疗，最好休学一段时间。”

妈妈脸色惨白，神情麻木地点了点头。

医生说明了治疗安排，并开了药方，让我们去买药。药方上，我的名字不是崔光，也不是崔影，而是崔光影。

走到门口时，我迟疑了一下，回头问："医生，我和崔影哪个才是主人格？"

医生顿了顿，摩挲着笔杆，片刻后才审慎地说道："目前来说，暂时无法确定。因为你的这两个人格都很强势，记忆都存在缺损，都不知道自己是如何诞生的，都认为自己是主人格。"

妈妈的手突然攥紧了。

她转过脸看向我，一时之间好像有什么想说，最终却什么都没说出来。

我走出门，崔影正站在门边。

他双臂环胸，眼睛冷冷地瞧着我，充满着敌意和与生俱来的杀意。

我的脑海里突然闪现出了那部布谷鸟纪录片的内容。

一个人只能有一个人格，有两个那就是生了病，就是鸠占鹊巢，就是布谷鸟在其他鸟儿的巢中下蛋。我们都不愿意做那个被布谷鸟推下巢穴的、无辜的鸟蛋。

终于我明白了，为什么我们对彼此抱持着与生俱来的杀意。

那么这场厮杀的尽头，会是个什么结局呢？

我继续看着崔影。

妈妈疑惑地看了我一眼："怎么还不走？"

随后，她就收了声。她看着紧紧盯着门边的我，了悟地说："他站在那儿？"

我"嗯"了一声。

"妈妈，"我突然问，"我们之间，你觉得哪个才是真正的主人格呢？”

妈妈一言未发。

8.

医生提出的治疗方式是人格融合，他希望将我和崔光糅合起来，变成一个。可我不愿如此。

身为赢家的我，怎么可以跟那个败者融为一体？

过往，我一直高高在上。未来，我也会继续高高在上。

我要做赢家，我一直是赢家。

我想杀死崔光。但我们位于同一个身体中，物理手段无法在消灭他的同时还能保全我。既然如此，我就只能采取心理攻势了。

只要我能争取到外界的认可，只要外界的人都认定我才是那个“主人格”，崔光就会开始怀疑自己的存在，并渐渐消失。

确定了计划，我信心满满地向妈妈发起了攻势。

妈妈喜欢学习好的人，而我正是一个学霸，比起崔光这个学渣，我有太大优势。

我更加拼命、更加努力地学习、考试，取得一个接一个的好名次。

医生的医嘱是减轻学业压力，但我没有听从，而妈妈似乎也并不在意。我猜这大概是妈妈对我的默许。

毕竟，谁想要一个学渣废物儿子呢？谁不想要一个乖巧听话、出类拔萃的学霸儿子呢？

一日接着一日，崔光的存在感越来越薄弱。

我们还是高中生，每天最重要的事情、占据生活最多时间的事情就是上学。

而对上学这件事，我拥有绝对的优势，我变得更加出类拔萃，更容易获得外界，尤其是妈妈的夸奖。

崔光也意识到了这件事，于是，他渐渐缩在角落，不再冒出来，不再试图跟我抢夺这具身体的所有权。

我占据身体的时间越来越多，我正在渐渐地变成那个绝对的主人格。

我就要赢了。狂喜如浪潮袭来，将我淹没。

我不再是崔光的影子，而崔光变成了我的影子，他跟在我的身后，存在于我的视线角落——这是他的存在感越发稀薄的体现。

期中考试后，我获得了年级第一兼全区第一。

成绩单发下来后，班主任、各科老师都围着我，给我道喜，夸赞我是难得一遇的学霸、好苗子。

班主任说："之前，你的成绩总是起伏不定，时而前几，时而倒数。现在终于稳定下来，知道学习，走上正途了！"

我满面红光地接受着表扬，而崔光则站在角落，神情空白。

我知道，当他掌控这具身体时，班主任也常常找他谈话，但原因无一例外，都是训斥。班主任训他不知道上进，训他成绩一再下跌，训他将来没有前途。

人生是一道题目，而他是一个错误的答案。

下了晚自习，我带着成绩单回到了家中。妈妈早就听说了这个好消息，备下了一桌子好菜等着犒劳我。

我志得意满地回了家。

"我家孩子就是优秀，"妈妈喜气洋洋地说，"谁有你，谁就是有福气。"

角落里，崔光的身影缩成一团。

突然，我的嘴巴不受控制地张了开来，是崔光，他耗费最后一丝气力，夺取了这具身体的掌控权。

人格切换了，我站在角落，目睹着这一切。

身体里，崔光问：“妈妈，我是一个错误吗？”

他神情哀婉，怔怔地看着妈妈。

妈妈摸了摸他的头，说：“你不是一个错误，崔影才是，杀了他，你就能自由了。”

我愣在角落里，不懂妈妈为什么这么说。

来不及躲闪，只见崔光带着彻骨的恨意，向我扑了过来。

9.

妈妈对我说了真相，我是主人格，而崔影是副人格。

这自然是确凿无误的真理，毕竟影子只是影子，怎么会是本体？

但尽管这么说，妈妈却仍旧对我十分冷落，而崔影则备受宠爱。

确实，哪怕我是主人格，我也是一个极其窝囊、无能、废物的主人格。谁会想要这样一个主人格做自己的孩子呢？

我委屈地向妈妈诉苦：“你是不是不想要我？”

妈妈却说：“我怎么会不想要你？是崔影逼我这么做的。”

我不想让成绩下跌、让妈妈丢脸，于是我渐渐让出了躯体的掌控权，我的存在感日渐稀薄，但我的恨意却日渐增加。

他是那只布谷鸟，让我和妈妈无法安心度日、幸福平安的布谷鸟。

只要得到妈妈的许可，我就会终结他的性命。

我们厮杀成一团，我们本就如出一辙，崔影的存在感更强烈，但我的恨意更浓，这让我险胜一筹。

杀死了崔影后，我也奄奄一息，只剩一口气。

妈妈凑近了我，带着一种无法形容的神情，怜悯、兴奋、忐忑混杂在一起，我不明白。

“妈妈，我就要死了。”我气若游丝，“我是主人格，也是目前唯一的人格，我死后，这具身体就会脑死亡了。”

妈妈紧紧地抱着我，像是跟我道别。

我贪恋地躺在她的怀里，想要记住这最后一丝温暖。

意识的最后，我看见妈妈摇了摇头，轻声说：“可你不是主人格，也不是这具身体里唯一剩下的人格。”

10.

我睁开了眼睛，暌违已久的母亲的脸出现在我的视线里。

“好久不见。”妈妈的声音颤抖，“你终于回来了。”

我叫崔光影。

小学时，我便发现我有一个技能。只要我愿意，我就能“召唤”出一个朋友来陪伴我，甚至是代替我。

但那时，我并不怎么需要这个技能。我很优秀，生活也一帆风顺，我过得很好。但我对这个技能非常好奇，于是搜索了许多相关的资料。

最终我发现，原来我患上了多重人格障碍。

世界上最出名的人格分裂患者之一是比利，原名威廉·斯坦利·米利根，他的体内有二十四个人格，每个人格的“设定”都不同，掌握不同的语言、不同的技巧，和他的主人格截然不同。

而一旦切换人格，这些知识和技巧就会随人格消失。

就连比利的主人格也并不清楚，自己究竟是什么时候学会了这些知识。有人认为，这是大脑潜能在潜意识中被开发的结果。

比利的初次分裂发生在他的幼时，当时他受到了一次严重的精神冲击，为了自我保护，身体下意识地分裂出了一个人格，用来帮他应付外界，而主人格则陷入安全的沉睡。接着，人格分裂越来越多，主人格也被深深地埋入体内。

这就像是一个自己的小世界。

我对此十分惊叹，在了解了这些事情后，我迫不及待地跟妈妈做了分享。

听说了这一切后，妈妈却神情严肃地教育了我，“以后不许再这样做，也不许告诉别人有这件事，不然大家会认为你有病，记住了吗？”

我乖乖地点头。

从那之后，这就成了只有我和妈妈知道的秘密。

小学时，我非常优秀，成绩出类拔萃，随后考入了重点初中。但在重点初中，我的表现却平庸了起来。

先前被我优秀的成绩掩盖的家庭问题也纷纷暴露出来，父母三天一小吵，五天一大吵。每天，我都能看见他们铁青的脸色。

一次月考后，我考砸了，排到班级二十名。

我畏畏缩缩地拿着成绩单回了家，妈妈刚和爸爸吵过一架，地上还残留着碎盘子，盘子上还带着血迹。爸爸不知所终，大抵是离家出走了。

妈妈的身上没有血痕，但脸上带着一个巴掌印。

看到我，妈妈没好气地说：“怎么了？”

我畏惧地将成绩单递了过去。

妈妈扫了几眼，脸色顿时变得铁青：“为什么？怎么回事？”

她气急败坏地撸起袖子，揍了我一顿，但还不解气，用各种话变着法地骂我。

骂到最后，她说："都是你的错！都怪你！"妈妈大吼起来，"如果我的孩子不是你，我不会这么惨，如果我没有早早怀上你，如果我没有决定生下你，我的人生会比现在好上一百倍！"

如果我的孩子不是你……

我浑浑噩噩地回到了房间，第二天，我分裂出了两个新的人格。

一个叫崔光，一个叫崔影。

这是我造出来的，两个新的孩子。

崔光跟现在的我很像，几乎是我的翻版复刻，只是在一些细微处有差别，比如他更坚强，遇到极端的事情时，会选择强硬地反抗而非逃避。

崔影则跟我大相径庭，他极其擅长学习，是任何家长都梦寐以求的那种孩子。

我让崔光长时间地扮演我，避免他人察觉纰漏。但每当上学、考试时，就切换成崔影，从而让父母满意。

自那之后，我便陷入了长久的、温暖的、安全的睡眠。

既然妈妈不想要我，那就给她一个新的孩子吧。

睽违已久，我再次看到了妈妈的脸。

她跟记忆中差别不小，变得更加苍白、憔悴。

但她的神情是那样惊喜，两眼通红、怔怔地看着我。

可是为什么要将我唤醒呢？你不是不想要我吗？

妈妈紧紧地抱住我，声音颤抖地说出了那句等待了多年的话。

她说："对不起。"

11.

我有一个孩子，叫崔光影。

他一直很优秀，除了最近学习退步以外，其他时候都很懂事，是我在这个家里唯一的慰藉。

但这天和他爸爸吵完架后，我没忍住迁怒了他，对他大发脾气。我将他赶去房间睡觉，自己也回了房。没多久，我在床上辗转反侧睡不着，后悔一阵又一阵地涌了上来。

我披了衣服，想去找光影道歉，但时间已经晚了，他的门缝里没有透出光，大抵是熄灯睡觉了。明天还要上学，最好别去打扰了，明天早上再说吧。我是这么想的。

可当时我不知道，这一等，我就要等好多年。

第二天早上，我没有等到光影，而是等来了小光。

小光跟光影非常相像，但他不是我的孩子。他可以骗过其他人，可他骗不过我这个母亲。

“光影呢？”我问他。

他面露疑惑：“妈，谁是光影？”

“崔光影。”我急切地说，“我的孩子！崔光影！”

“妈，你是不是睡糊涂了。”看到我的神情，他有些畏缩，抓起书包就出了门，“我先去上学了。”

接着，我又看到了崔影，小影。小影和小光、光影都不同，他傲慢、自大、冷漠、粗暴，但他成绩优秀，是个学霸。

但自那之后，我再也没见过光影。我试着诱导光影出现，试着旁敲侧击，试着对他发脾气，试着向他服软，但什么都没用。

对当年的事情我后悔不已，但做出的事情已经无法弥补。

我和前夫离了婚，拿到孩子的抚养权，独自带着他生活。

我想，这样一来，他就不必听我们吵架了，或许对他的精神治疗有好处。

私下里，我去见了医生。医生说，可以进行诱导，让小光和小影慢慢发现自己是人格分裂的事实，并自我消灭。

医生说："只要目前掌握身体的这两个人格消失，出于自救的本能，身体就会强行唤醒唯一人格，就是崔光影这个主人格，你就能见到他了。"

我按部就班，配合着医生的计划，又拜托邻居帮我演戏，最终一步步地让小光和小影发觉了彼此的存在，并开始厮杀。

终于，这两个被制造出来的副人格消失了。唯一的主人格，我的孩子——崔光影，从漫长的沉睡中苏醒。

"你要做好心理准备，"医生说，"就算主人格苏醒，也未必会愿意持续苏醒，他可能还会造出新的人格，或者干脆选择永久沉睡，让身体陷入脑死亡。"

"我明白，"我说，"我不求长长久久，只是想对他说一句话而已。"

"对不起。"我紧紧地抱着我的孩子，哽咽但清晰地说出了这句话。

暌违已久，我只是想见你一面，只是想对你说出那句等待了多年的话。

片刻后，在我即将松开这个拥抱之前，我感到他迟疑地抬起了手。

光影抬起手，缓缓地回抱住了我。

跨越了多年的误解和伤害后，我们终于来到苦海的彼岸。

"没关系。"他说，"好久不见，妈妈。"

[redacted]

[redacted]

[redacted]

[redacted]快跑[redacted]出口[redacted]

[redacted]

发送“9 位字母密码”至微信公众号“404 乐园”，获得后续精彩故事。

如有任何疑问，可发送“BF10”至微信公众号，获取提示攻略。

TWO
FIVE
SIX

图书在版编目（CIP）数据

十号病房 / 秦森主编 . -- 北京 : 新世界出版社，2025. 4. -- ISBN 978-7-5104-8099-7

Ⅰ . I247.7

中国国家版本馆 CIP 数据核字第 20259Q78K6 号

十号病房

作　　者：秦森
选题策划：漫娱图书　马飞
责任编辑：楼淑敏
执行策划：宋旖旎
校　　对：宣慧　张杰楠
装帧设计：孙惋
责任印制：王宝根
出　　版：新世界出版社
网　　址：http://www.nwp.com.cn
社　　址：北京西城区百万庄大街 24 号（100037）
发 行 部：(010)6899 5968（电话）　(010)6899 0635（电话）
总 编 室：(010)6899 5424（电话）　(010)6832 6679（传真）
版 权 部：+8610 6899 6306（电话）　nwpcd@sina.com（电邮）
印　　刷：**武汉市卓源印务有限公司**
经　　销：新华书店
开　　本：889mm×1230mm　1/32　　尺　　寸：145mm×210mm
字　　数：200 千字　　印　　张：7
版　　次：2025 年 4 月第 1 版　2025 年 8 月第 4 次印刷
书　　号：ISBN 978-7-5104-8099-7
定　　价：45.00 元